シャアバの子供

叢書 الأطلس《エル・アトラス》

Le Gone du Chaâba

Azouz Begag

シャアバの子供

アズーズ・ベガーグ

下境真由美訳

水声社

本書は、
叢書《エル・アトラス》の一冊として
刊行された

今朝、ジドゥマは洗濯をした。ビドンヴィル〔特に一九五〇年代から一九七〇年代までにフランスの大都市周辺に存在したスラム街〕で唯一の井戸を独占するために早起きしたのだ。この井戸はローヌ川から引かれた飲料水を手動のポンプでくみ上げるようになっており、「ボンバ」と呼ばれている。ベルティエが自分の庭に水をやるために作ったレンガの小さい水受けの中で、ジドゥマは水を吸って重くなったシーツをねじり、こすり、セメントに叩きつけた。

ジドゥマは九十度背中を曲げて、サブン・ドマルサユ〔マルセイユ石鹸〕をこすりつけ、水をくみ上げるためにポンプを一回、二回と動かす。そして、またこすり、流し、水をくみ上げ、筋肉のついた両腕を使って絞るのだ……。ジドゥマはこうした作業を何度も繰り返した。時間はどんどん経っていく。彼女はシャアバに井戸が一つしかないことを十分に承知しているが、そのやり方にははっきりした意志が表れている。必要なだけ、そして長い時間をかけるつもりなのだ。もし誰かが文句でも言おうものなら、痛い目に遭うことになるだろう！

ちょうどその誰かが数メートルのところで待っていた。それは、ジドゥマのすぐ隣の小屋に住んでいるお隣さんだった。彼女は両腕に汚れたシーツや子供服や布巾の入ったたらいを抱えていた。そして、我慢に我慢を重ねていた……。ジドゥマは疲れを知らず、少し前から背中にいらいらした人の気配を感じていたにもかかわらず、脇に目をやろうともしなかった。それどころか、動きを遅くしさえした。

こうして、お隣さんはずっと我慢していた。彼女はさらに我……、いや、もう我慢するのをやめた。たらいから手を離すと、雄やぎのようにライバルの方へ突進した。衝撃は大きかった。二人の女は、喉の奥底から発された闘いの叫びとともにつかみ合った。

騒ぎを聞きつけて、他の女たちが小屋から出てきた。そのうちの一人で、ビドンヴィルの二つの派閥のうちの一つに属する女が、なだめようと喧嘩の当事者の間に入った。二人のうちでよりいらだった者を静めるとの口実で、右頬を手の甲で強く打った。これがサインとなって、母は争いに身を投じた。カフェオレを飲んでいるぼくを放って、ぶつぶつ言いながら頑丈な骨格の体を動かした。

ぼくは母を引き止めようとはしなかった。動いているサイを引き止めるなんて無理なのだ。そして、乱闘に立ち会うために急いでカフェオレを飲んだ。どうしてかはわからないが、ぼくは家の階段に座ってボンバと水受け《ベッセン》の前で起こることを眺めるのが好きだった。女たちの喧嘩を見物するのは実に奇妙だった。

二つの派閥の対立。シャアバの大物たちの後ろに回って、母や叔母のジドゥマ、そして女たちは日常生活を台なしにした。

「アッラーがあんたの目をつぶしたまわんことを……」一人が祈る。

「メス犬め、あんたの小屋が今晩焼けますように。そして寝ている間にあんたが死にますように」相手の女がやり返す。

女たちにこれほどのことができるとは、ぼくは知らなかった。ぼくの母も……びり尻《けつ》の方ではなかった。争いが起こるたびに、皮膚とビヌワール〔アルジェリア、セティフ地方のワンピース〕を引き裂き合い、頭皮を剥ぎ合い、洗ったばかりのシーツや洗濯物を庭の泥の中に投げ、もっとも表現豊かでもっとも生き生きとした軽蔑の言葉を喉の奥から引き出すのだった。彼女たちは呪いをかけ合うことも辞さなかった。ぼくはこのような茶番劇が大好きだったのだ。ある日、ジドゥマが母の派閥に属する女に向かって手でおかしな仕草をするのを見た。そして、彼女は言った。

「ほうら！　こいつを食らいな」

ジドゥマは右手を相手に向けていたが、直角につき立てた中指以外の指はすべて曲げられていた。相手は完全なヒステリー状態寸前で、口汚く罵った。そして、左手でドレスをまくし上げ、後ろに体を軽く曲げると、白い巨大なパンツを下げた。手で覆われた性器が、神経戦の手段となるのだった。

この儀式が、ぼくには奇妙なものに思われた。しかし、ぼくの探るような眼差しに出会った当人は、見せていたものを隠した。どうしてかはわからないが、ぼくは赤らんだ。

ボンバのことは口実に過ぎなかった。実際のところ女たちは誰も働いておらず、夜明けから日暮れまで、日暮れから夜明けまで、ビドンヴィルのトタンと板に閉じ込められていたのだ。中庭と前庭とトイレの掃除の当番制は、ほとんど守られていなかった。神経は何でもないことで参ってしまうのだ。

口論の後では必ず、お互いに死ぬまで憎み合いたいと思うのだが、翌日の陽の光は前日の燠《おき》を否応なしに消し去ってしまうのだった。昨日と比べて何も変わっていなかった。小屋はいつも同じ場所に建っており、誰も引っ越ししなかった。オアシスの中に井戸はやはり一つしかなかった。

シャアバでは、数時間よりも長く憎み合うことはできない。そもそも、ボンバの前で起こった騒動以来、女たちは自分の小屋の中に水を入れた容器を常備するようになった。彼女たちはたらいを使って洗濯をした。

夜、男たちが仕事から帰ったときに、シャアバを留守にしている間に起こった顛末についての噂を聞くことはなかった。女たちは口をつぐんでいたのだ。なぜなら、たとえ生活が厳しいとはいえ、男たちの間に不和の種を蒔いて得るものなどまったくないことを心得ていたからだ。

そびえ立つ土手の上から眺めるか、正面入口の木の大きな門から中に入るときには、シャアバは木工場のように見える。家の正面の庭側には、小屋が林立している。半分セメントで固められたでこぼこの中央の広い道は、今ではあらゆる方向に広がる宙ぶらりんのトタンと板の巨大な塊を二つに分けている。この道の突き当たりには、孤立したトイレの小屋がある。ぼくが住んでいる、もともとそこにあったコンクリートの家は、この雑然とした構造から切り離すことがもはやできなくなっていた。小屋がその周りに群がり、お互いにしがみついていた。激しい風が吹けば、一吹きですべてを運び去ることができることだろう。この形のない塊は、その周りを囲む土手と完璧に調和していた。

ブージードは一日の仕事を終えた。いつものように階段に座り、噛み煙草《シェンマ》の箱をポケットから取り出し、左手の手のひらにのせると、箱を開けた。三本の指で噛み煙草をひとつまみつかむと、しばらく揉んでから、歯医者に行ったときのように口を開け、臼歯と頬の間に挟んだ。口と箱を閉じると、そこに乱立する小屋の集まりをいぶかしげに一通り眺めた。アルジェリアの貧困を逃れてきたエル・ウーリシヤの親戚の者たちを迎えることを、どうしたら拒むことができよう?


しばらく前にシャアバの男たちは、片方がくり抜かれた大きな燃料油のドラム缶を埋めるために巨大な穴を掘った。このドラム缶の周りには、板で小屋が建てられた。こうしてビドンヴィルにもトイレができたのだ。

今日、そのドラム缶が溢れてしまった。ブージードは、吐き気をもよおす噴出物を前に途方に暮れ、木の踏み台にはみ出したものを落としたままにしたぶきっちょを大声で呪った。このようなだらしない状態を目にするのは初めてのことではなかった。雀のように大きく、うるさい青蠅が歌いながら小屋を占領した。ブージードと弟のサイードは、手に布きれを巻きつけ、鼻と口をハンカチで覆って頭の後ろでしばった。大変な苦労をして、二人は恐るべきドラム缶を持ち上げた。ハンカチの下で二人の顔は引きつっていた。蠅の群に付き添われて、彼らは土手の方へ向かい、そこにある別の穴に中身をぶちまけた。彼らが通った後、子供たちはまだ温かいどろどろの池に石ころを投げ入れた。戻って来ると、二人は庭のまだ使われていない部分に新たに穴を掘った。蠅／雀は喜びの源がまた現れるのを待つことになる。

六時には、シャアバはすでに暗闇の中だ。小屋の中では、みんな灯油ランプを灯している。新たな夜が始まる。ぼくの兄、ムスタフは両親のベッドに横になって、『ブレック・ル・ロック』〔イタリアの漫画〕に夢中になっていた。アーイシャとゾフラとファティアは母と一緒に料理に専念していた。今夜の献立は、ガス台の火で炙《あぶ》ったピーマンだ。煙がすでにあらゆる部屋の中に充満している。ぼくはラジオでヒットパレードを聴いていた。すると、トイレに行った方がいいかもしれないという気持ちが徐々に頭をもたげた。だが、我慢しなければならない。我慢しなくては。息を止めろ。ほら、頑張れ！　大丈夫だ。いや、また戻って来る。我慢しろ。我慢しなくては。どうしてかって？　暗いときには、トイレに行ってはいけないと知っているからだ。トイレに行くと不幸を呼び寄せる。それに、トイレには邪悪な霊、ジュヌーンがいるのだ。ジュヌーンは汚い場所が大好きだ、と母はぼくに言っていた。今、あそこに行くわけにはいかない。いいや、ぼくは怖くなどない。だが、この種の信仰をおろそかにするわけにはいかない。ぼくは腸の止血帯とするべく、両手でお腹をきつく押さえた。しかし、すでに遅かった。堰は切れてしまった。ぼくは、一緒に行ってくれる理解ある心の持ち主を探しつつ、周りを見回したが、それも無駄な行為だった。ムスタフはいつものようにぼくをばかにするだろう。じゃあ、女の子たちは？　女の子たち……だめだ、こんなお願いをするわけにはいかない。女じゃだめだ。残念だが、ぼくは独りぼっちだ。ぼくの腹はパニック状態だった。抑えつけたせいで、最後の仕切り弁も切れそうだった。懐中電灯は？　懐中電灯はどこだ？

「ゾフラ！　ランプ《ランバ》、どこ？」ぼくはつっかえながら言った。

懐中電灯など放っておけ。時間がない。ぼくは外に出た。そして、家からトイレ《ビテルマ》までの数メートルを瞬く間に駆け抜けた。ズボンはすでに下ろされてサンダルの上に襞をつくっている。蝶番が明らかに重みに耐えられなくなっている木のドアを開けた。誰も出てこなかった。つまり、小部屋は空いているわけだ。

ほぼ完全な暗闇の中で、ぼくは便器の上にしゃがんだ。ぼくの左の靴底がぶきっちょな誰かの落とし物を潰した。かまうものか。ぼくの心は静まった。流れを静かに注ぐことができる。それでも、ぼくは仕事を早く片付けるために気が狂ったようにお腹を押した。

　他のものとは区別できる音が数分前から何度もぼくを驚かせていたのだが、そいつが突然シャアバの夜の静けさを引き裂いた。ぼくは仰天して耳をそばだてた。規則的な音がはっきりと聞きわけられ、徐々に強くなっていた。足音だ……。そうだ、足音だ。足音がぼくに近づいていた。震えがぼくを襲い、ぼくの皮膚をひび割れさせた。ジュヌーンに襲われたらすぐに外に飛び出せるように鍵をかけなかったドアが突如開いた。ぼくは引っ張り上げようとやにわにズボンに手をやったが、「入ってます！」というお決まりの文句を言うのを忘れていた。影がすばやくわずかな動きを見せた。生温かい液体がぼくの顔をびしょびしょにし、ぼくの口をいっぱいにした。おしっこの匂いがした。おしっこだ！　ぼくは息が詰まった叫び声をあげた。ぼくの叔父のアリーが、顔のど真ん中に溲瓶《しびん》の中身を空けたのだ。ぼくと同じぐらい驚いた叔父は、ぼくが何も言う間もなく、ぼくを助け起こした。ぼくがびっしょりのシャツを絞ろうとしていると、叔父は大笑いした。叔父はぼくを家の中まで運んでくれた。ムスタフは心配してベッドから飛び降りた。母と姉妹たちは取り乱して走り寄った。アリーが全員を安心させ、みんなで思う存分笑いこけた。母は口をぽかんと開けて、真珠のように丸く輝く目を見開いた母は、マグレブの女性特有の豊かな体を揺すった。それから、体の揺れが収まると、家族の風呂として使われている、ひび割れた大きな緑色のたらいを調理台の後ろから引っ張り出した。そして、植物繊維の浴用手袋でぼくの体をごしごしこすった。台所では、アーイシャがお湯をまた沸かしていた。

今では、ぼくは二つのことを知っている。まず、夜トイレに行ってはいけないということだ。それから、ぼくのような男にとって、小屋の集落を出て静かな場所を見つける方がよいということだ。この地方には自然がたくさんあり、そもそもシャアバでは女たちだけが集落のトイレを使っていたのだ。男たちは茂みの陰や二本のポプラの間に隠れてやった。水をいっぱいに入れたブリキの空き缶を持って、男たちがこっそり森の中に入って行くのをぼくは定期的に見ていた。ぼくらのところでは、紙は火をおこすために取っておくのだ。

最後に母は、オー・ド・コロンヌ〔オーデコロン〕をつけてぼくをマッサージした。これは、母が大切な行事のときにだけ使うためにタンスにこっそり隠しておいてあるものだ。ただ、今回に関しては緊急だった。母はぼくを毛布にくるんで腕に抱え、大きいベッドの上で読書を再開したムスタフのそばに下ろした。台所へ引き返そうとしている母の頭は、突然窓の方へと向けられた。夫の低い声を聞いたのだ。それはサインだった。妻に知らせずに客と家へ帰るたびに、ブージードは客を出迎える準備をする時間を妻に与えるべく、大声で話すのだった。すると、メサウーダはメッセージを受け取った。汚い水でいっぱいのたらいをつかみ、容赦なくベッドの下に滑り込ませた。そして、エプロンを外してベッドを飾っている手製の刺繍の入った大きなクッションカバーを整えながら、椅子をテーブルのまわりに並べた。彼女は二人の男にドアを開けようとしていた。

ぼくは夜こんなに遅い時間に父が連れて来る客とは誰なのか訊いた。
「家の前の家主のベルティエさんだよ」母は答えた。

二人は、グラン・バンディ〔ガリバルディ〕通り〔「グラン・バンディ」は大悪党の意〕の建設工事会社で最初に出会ったときの思い出を繰り返しながら、けたたましい笑い声を上げて夜遅くまで話し込んでいた。ぼくは意に反して彼らの話を細部まで聞いてしまい、父の言葉を理解して訳せるこのフランス人の能力に感心していた。この夜は何と短かったことか！

今朝、ぼくは顔を洗っただろうか？　少なくともズボンをはいただろうか？　ぼくは太ももに手をやった。すべて万全だ。裸で出かけてなどいなかった。シャアバの子供たちと学校に向かう道を歩き続けることができる。
それに、今朝五時に起きた父！　工事現場まで原付自転車を運転できただろうか？　どうして父はベルティエに言わなかったのだろう？　自分はまだ働いていること、寝る必要があること、帰ってほし……ああ！　神聖不可侵の歓待の掟！

ぼくが可哀想な父を哀れんでいる間に、ラバフが走ってぼくを抜かした。

「ストップ！　全員止まれ！　見せたいものがあるんだ」

一団は停止した。

「どうやって女にキスするか知ってるか？」

この分野では経験の浅い一団が黙ったままでいる一方、ムスタフが自信なさそうに答えようとした。

「おれは知ってるぞ。口と口をくっつけるんだ」

「そりゃ違うよ。知ってるのはおれだけさ。知りたいか？」

いとこが言い返した。

反応はなかった。

「知りたくないのか？　それじゃあ、知らないままでいるがいいさ！」

いとこは数歩進むと、ぼくらとまた向き合った。

「それでも教えてやるぞ。それはだな、口を開けて女の口に舌を入れるのさ！　どうだ！」

まったく反応はなかった。

「舌で舌を触るわけだ！　難しくないさ。こうやってやるんだよ」

ラバフはまるで女を腕に抱いているかのように腕を広げ、頭を右にかしげ、すぼめた口から尖った舌を出してあらゆる方向に動かした。

なんと奇妙な行為だろう！　あのローマ人たち〔アルジェリア方言のアラビア語でヨーロッパ人を指して「ルーミー」（ローマ人）と言うことから〕ときたら、まったく気が狂っている！　幸いなことに、彼らは噛み煙草《シェンマ》の玉を噛まない。ラバフの授業にみんなは立ちすくんだ。コーチは聴衆がとまどっているのを感じ取ったので、実践授業に移ろうとサイーダに近づいた。

「サイーダ、動くなよ。フランス人がどうやってキスするのか見せてやるんだ」

サイーダはまずは驚き、そして狼狽し、即座に回れ右すると、灌木の茂みにカバンを放り出して一目散に家の方へ逃げた。ぼくは何のことやらわからなかったが、ラバフが吹き出すのを見て、大笑いした。

一団は再び歩き出した。

すでに遠くにいるサイーダは、振り返って拡声器のように両手を口に当てて脅した。

「ばか野郎！　お前の父さんと母さんに全部言いつけてやる」

いとこはさらに大声で笑った。みんなも笑った。眠れない夜の疲れがほとんど消えていた。

すると、ラバフはぼくの兄に近づいた。

「お前、どうやって女にキスするのか知らなかっただろ⁉」

「ううん。それ、誰に教わったんだ？」

「市場でさ……。市場で覚えたんだ。それから、そもそもそれだけじゃないんだぜ。木曜と日曜の朝、どうしておれと一緒に働きに来ないんだ？」

「親父のせいだよ。おれたちが市場に働きに行くのを嫌がるんだ」

「お前の親父さんなんてどうでもいいじゃないか。おれはうちで行かせてくれるよう頼んだことなんてないぜ！」

「そうだろうけどよ、うちとお前のところじゃ違うんだ……」

「好きにしろ。だけど、金を稼ぎたかったら……、それからどうやって舌を使って女の口にキスするのか知りたかったら、来た方がいいぜ」


最近よくうろつきに行っているヴィルユルバンヌ〔リヨン市郊外の町〕の市場のある主人のところで、ラバフは仕事を見つけたのだった。彼は陳列台を設置し、商品を車から降ろしたり積んだりして、時には主人と一緒に売ったりもした。

「いくら稼いでるんだ？」

ムスタフが訊いた。

「半日で一フラン五十サンチームさ……。市場が終わったときにもらえる、腐ってたり売れなかったりした果物や野菜を別にしてね……。腐ってるって言っても、実際は腐ってるってほどじゃないんだ。おれはそいつをうちに持ち帰ってる」

ムスタフはそれをよく知っていた。いとこが果物や野菜の袋を腕一杯に持ってシャアバへ帰り、掘っ立て小屋を一周して、バナナだのジャガイモだのミラベル〔プラムの一種〕だの玉ねぎだのをあちこちで配っているのを何度見たことか？

「母さんはおれがみんなにものを配るのを嫌がるんだ。自分たちのために家に全部取っておくべきだって言うんだ。でも、たくさんありすぎるし、すぐに食べないと傷んじゃうんだ」彼は言った。

ジドゥマは、長男のあふれんばかりの気前のよさが気に入らなかった。彼女はその勢いにブレーキをかけようとすでに試みたが、それも無駄だった。

ムスタフはそれ以上何も言わなかった。そして考え込んでいた。

数日前から、もうけを生み出すラバフの活動は、家庭の母親たちの頭に新しい考えを植えつけつつあった。硬貨と、たとえ熟れすぎたものであっても果物と野菜を得ることは、午前中ずっとシャアバの面倒な子供たちを我慢するよりもずっとよかったのだ。

家では、母はもはや市場のことしか話さなかった。彼女はぼくらを何が何でも商人にしたがった。

「怠け者たちめ、恥ずかしくないの？　ラバフを見てみな。あの子は少なくともお金と野菜を家に入れてるじゃないか。お前たちは一日中あたしのビヌワールに貼りついている間、何をもたらしてくれるんだい？　ムフィサ〔「悪い血」を意味し、「心配ごと」の意〕だけさ……。ああ、アッラーよ！　どうしてこんなばか者だけをあたしにお与えになったのですか？」

母は一日中嘆いていた。

学校がない日にオリーブを売るという考えは、まったくぼくには気に入らなかった。そもそも、父はぼくらに市場へ働きに行くことを禁じていた。父は言った。

「お前たちは学校で勉強する方がいい。おれはお前たちのために工場へ行って、必要とあらばへとへとになるまで働くが、おれはお前たちにはおれのような哀れな労働者になってほしくないんだ。お金が必要ならやろう。だが、市場の話など聞きたくない」

ぼくはまったく父に賛成だった。

ぼくが毛布に完全にくるまってしまう前に、ムスタフがぼくに会いに来た。

「明日の朝、おれと一緒に来るんだ。ラバフとラバフの弟たちと一緒に市場に行く。母さんの言うとおりだ。おれたちも働かない理由はないだろ」

「ぼくは行きたくないよ！」

「お前は行きたくないのか……。お前は行きたくないんだな……。もしかすると、自分が赤ちゃんだとでも思ってるのか？　お前はおれと一緒に来い。以上だ」

この最後の言葉を伝えた後で、ムスタフは自分のベッドに戻った。意見を変えないことに決心して、ぼくは間もなく寝付いた。


「さあ、起きろ！　六時だぞ！」

いや、これは悪夢ではない。ムスタフはぼくの肩を強く叩いていた。そして、ぼくから毛布を引きはがすと、それをぼくの足下に投げ捨てた。ぼくはこの拷問に抵抗する元気はなかったので、この攻撃を受け続けるよりも、何も言わずに起きることにした。目覚まし時計に目をやると、六時五分前だった。これほどの侮辱を受けるのは初めてだ。母はすでにカフェオレとクスクスを用意してくれていた。ぼくはクスクスを機械的にボールに入れた。大好きな朝食を満喫する時間はほとんどなかった。

母はぼくらに満足しており、ぼくらを元気づけた。

「こうするべきなのさ、お前たち。ブージードの息子たちも要領がいいんだってことを見せてやりな」

幸いにも、祭り《ヴォーグ》やメリーゴーランド、それから口に入れることができるはずの綿飴がある……。さもなければ、絶対にこんなに早く朝食を取ったりしなかったはずだ！

六時十五分。やっとのことで顔に少し水をかけただけで、出かけなければならなかった。日はやっとその鼻面をちょっとばかり見せたところだった。空気は冷たく、ぼくの薄くか弱い肌はすぐにかじかんだ。庭の向こうの環状道路では、オレンジ色の蛍光灯が通過する数少ない車のために通りを照らしていた。

いくつかの小屋の板と板の間からは、細い光の筋が洩れていた。男たちが一日の仕事に出る支度をしているのだ。

「まったく、何してるんだ？　もう六時二十分じゃないか」

二人の弟と一緒に、ぼくらの家のドアの前で待っていたラバフが言った。

ハッセンですらもそこにいた。だが、二本足で立ってはいるものの、その瞼は閉じていた。母親に箒で叩かれてベッドから出たのに違いない……。しかし、彼はまだ眠りから覚めていなかった。

二人の母親たちは、昨日の夜おそらく示し合わせたのだろう。

「じゃあ、行こうぜ」

ラバフが命令した。

「アリーは？　来たいって言ってたぜ」

ムスタフが言った。

「やつには残念だが、おれたちは行くぞ」

ラバフが結論を出した。

アリーには申し訳ないが、彼が新しい金持ち集団の一員とはなることはない。こうして労働者や商人たちは出発した。

草や灌木が朝露の重みにまだたわんでいる土手に沿って進んだ後、ぼくらはこちら側と大きな家の並ぶ向こう側を隔てているモナン大通りを通った。閉じられた鎧戸からは、まったく灯りが洩れていなかった。ここでは、みんな眠っているのだ。

ラバフはポケットから煙草の箱を取り出して、一本口にくわえた。ぼくは、いとこが煙草を吸うとは知らなかった。雇用主がいる場所に着いたらどうすればいいのか、ラバフはぼくらに説明した。

「お前たちは八百屋がワゴン車を止めるのを待つんだ。そいつが陳列台を並べ始めたらすぐにそいつのところに行って、「すみません、仕事ありますか？」って訊くんだ。簡単だよ。

「すみません、仕事ありますか？」

ほうら、ばかげた言葉だ。ぼくはこんなことを言うほど大胆になれる自信はなかった。

七時十五分前。ぼくらは市の立つ広場に着いた。店主たちよりも前に着くために、ぼくらはとても速いスピードで歩いたが、彼らのうちの数人はすでに陳列台の前で仕事に取りかかっていた。他の者たちはちょうど陳列台を組み立てているところだった。

ぼくらは広場の真ん中に集まって、やって来る車をスポットライトのように凝視していた。ラバフは自分の主人を見つけて、挨拶しに走って行ってから、勇気づけるためにぼくらの方にしばらくのあいだ戻って来た。

「何を待っているのさ？　訊きに行かなきゃだめじゃないか……。あいつらの方からお前たちを探しに来るわけじゃないんだぜ」

ラバフは苦情を言うかのようにぼくらに言った。

そして、弟の一人の肩を押して言った。

「ほら、お前はあそこのデブに頼みに行きな」

弟は言われたとおりにした。ぼくらは全員、注意深くドキドキしながら成り行きを見守っていた。首尾よくいき、一人片づいた。

最終的に、他のみんなも仕事を見つけた。ぼくは広場の真ん中で独りぼっちになって、寒さと不安に震えていた。「すみません、仕事ありますか?」と言うのが恥ずかしかったのだ。時間はどんどん過ぎていき、今や商人たちが至るところからやって来て、空いている場所を碁盤の目のように置かれた果物と野菜で埋めていった。

左側のすこし離れたところでは、ムスタフが二馬力のワゴン車から梨のかごを降ろしているのが見えた。ぼくは泣きたかった。ムスタフは、早く始めるようぼくに腕と目で合図を送ってきた。どうしたらいいのだろう?　シャアバへ帰って、うやうやしく朝食をもう一度取ればいいのだろうか?　いや。それは母には気に入らないだろう。

ぼくは、箱の重みに背中を曲げている老夫婦に近づいた。そして、口を開いた。

「すみません、仕事ありますか?」

「いいや、坊や。わしらは二人だから、それで十分だ」

男は振り向きもしないで答えた。

惨敗だった。恥ずかしさで真っ赤になったぼくは、これ以上仕事を探したくないということを知らせるためにムスタフの方を向いた。ムスタフはぼくがやめるのを受け入れず、すぐに車から荷物を降ろしている別の売り手をぼくに示した。

「ほら、あそこを見ろよ。あいつは一人じゃないか。行けよ。勇気を出せ!　さもないと、手遅れになるぞ。行けよ。走って。深呼吸しろ！」

　ぼくは、来たばかりの男に少しずつ近づいた。彼は出遅れており、ぼくに目もくれず素早く準備している。ぼくは、彼の近くに行って、お決まりの言葉を投げかけた。男はぼくの方へ一、二分間顔を向けたが、再び仕事に没頭した。それから、ついに言った。

「もう遅いや、坊や。今日はもうすぐ終わりだ。見てみな。もう降ろす箱がいくつも残ってない……。でも、よければ正午にもう一度来な」

「正午ですね？　わかりました……。ありがとうございます。ありがとうございます。正午にまた来ます」

　あきらめたぼくは、今や必死になって働いているムスタフのところに走って行って、ぼくの契約の内容を知らせた。そして、正午になるのを待つ間家へ帰る許可を求めたが、遠すぎると言われた。

「お前はそこにいて、正午になるのを待て。どうせ戻って来なきゃいけないんだから、シャアバに帰るなんて無駄だ」

「じゃあ、市場を一回りして来るよ」

　ポケットに手を突っ込んで、襟を顎まで広げて、様々な形のパラソルで覆われた陳列台の間をぶらぶらした。これらの陳列台には、組織された無秩序のうちに驚くほどの種類の野菜や果物が並べられており、そのせいで市の立っている広場の支配的な色彩は緑色と黄色となっていた。パン屋とおもちゃ屋がすぐ横に並んでいた。

すこし先では、商品が放つ強い匂いに魚屋が自分の口臭を交えていた。魚屋の周りでは、たくさんの女たちが急いでいた。ぼくは魚の蒸気から逃れるためにタートルネックを鼻まで引き上げ、カバンやカートやつながれた犬などの間を抜けてやっとのことで道を進んだ。

あれ！　寝ぼけのハッセンがスタンドの向こうにいるぞ。彼の目は今では生き生きしていた。おそらくは主人に気兼ねして話しかけることはしないが、ぼくを見て微笑んだ。ぼくも彼に微笑みを返した。数メートル先では、他の声よりも大きいラバフの声がしているのに気づいた。

「買った、買った、ミラベル！　そうすりゃ太ももはすっかりきれい《ベル》！　買った、買った、ミラベル！」

この奇妙な文句を叫ぶよう言ったのは、彼の雇い主だった。ぼくは彼に近づいて、がっかりしたということを話した。

「でも、正午にまた来るよう言ったのが一人いるんだ」

「おい。横を見てみろ。おれの右だ。青菜を売っているばあさんがいるだろ。先週、あのばあさんは若いやつと一緒だったけど、今日そいつは来てない。行ってみな。ばあさんは間違いなくお前を雇うだろうよ」

おばあさんは確かにかなりの年寄りで、その足はすでに彼女を引きずるのに難儀していた。エプロンまでもがおばあさんには重すぎるようだった。彼女はぼくを雇うことをすぐに承知してくれたが、それには条件があった。

「五十サンチームしかあげられないよ」

「わかりました！」

ぼくは雇い主を見つけてあまりにうれしかったので、いちばん優しい声で言った。

初めての仕事に注文をつけるものではない。

市場が終わる正午までに、この哀れな老女は青菜のストックの半分しか売ることができなかった。だからといって、ぼくにくれたわけではない！　ぼくは陳列台をたたんで、商品を車に載せるのを手伝った。それが終わったとき、彼女は年老いた手のひらのくぼみに置いた合計五十サンチームの三つの硬貨を差し出した。受け取るのがはばかられるぐらいだった。

そして、ぼくはムスタフと仲間に合流した。彼らは、シャアバへの帰り道の間ずっとぼくが五十サンチームで青菜のばあさんに雇われたことをばかにした。ぼくは金持ちだった。何と言っても重要なのは、そのことだったのだ。

次の木曜日、ぼくはまたいやいや市場に赴いた。そして、五十サンチームの青菜のばあさんのところにまた行ったが、給料は上げてもらえなかった。

今日は、ぼくはノーと言った。あまりにはっきりしたノーだったので、ムスタフはぼくをベッドから動かすことはできないだろうと感じた。そこで、彼は他の仲間たちと向かい、ぼくは甘い夜の続きに戻った。

八時。しばらく前から、母は箒や雑巾やスポンジや水が一杯入ったバケツを抱えて、部屋のあちこちで動き回っていた。そして、ぶつぶつ文句を言った。ぼくは床のリノリウムを暖めている光に助けられて起き出した。

ぼくの朝食は用意されていなかった。だが、文句は言わない。調理台でたっぷりクスクスとカフェオレを準備した。母はぼくの足の間に箒を突っ込んでぼくを乱暴に押した。

「どいた、どいた！　まったく！　いつもあたしの足にしがみついて、何してるんだい？」

ぼくは理解した。母はぼくが市場での仕事を放棄したことを快く思っていないのだ。台所のステップに餌の続きを食べに行った方がよさそうだ。そもそも、今日は天気がいい。陽の当たるテラスで朝食を取って、大変な一日になりそうなこの休日を始めるのも、悪くないだろう。

「そうそう！　山羊や兎と一緒に外に食べに行きな！　山羊や兎は少なくとも役に立つけどね

……」

答えの代わりに、ぼくは大きな舌をその隠れ家から出して、牛の鳴き声のような声を立てながら恥知らずに嫌らしくとがらせて母の方に突き出した。

「悪魔の息子め！」母は、ぼくがいる場所めがけて汚れた雑巾を投げつけながら言った。

「父《アブエ》さんが帰ってきたら、母さんがアブエのことを悪魔だって言ったことを言いつけてやる」

母はますますわめいた。

「ああ！　悪魔よ、この子を天国には連れて行きませんよう！」

「そりゃ、そうだろうさ！」

「怠け者《フィニアン》！」

「そうさ。怠け者《フエニャン》でそれを誇りに思ってるのさ。それにまず、アブエに母さんがぼくらを市場に行かせたがってるって言ってやる」

ぼくは母に向かって山羊の泣き声のような声を立てた。

母がぼくの脅しに動揺して自分の仕事に戻る一方で、ぼくはカフェオレ・ボールを窓の縁に置き、土手の方へ向かった。いい気分だった。

ぼくは、いつもは作業台として使われている、積まれた赤煉瓦の上に尻を乗せ、庭の外壁に背中をもたれた。ぼくの目は、シャアバとローヌ川の川岸を隔てている広い森の方へと逃れていった。こいつは、五十サンチームの青菜の朝よりもずっといい。

「やあ、アズーズ！　もう起きてるのか？」ラバフの弟の一人ハッセンが声をかけてきた。

「いいや、まだ寝てるよ。で、お前は市場に兄さんと一緒に行かなかったのか？」

「うん！」

彼は袖を使って鼻から吹き出すねっとりした溶岩流を堰き止めようとした。ほら、もう大丈夫だ。鼻から流れ出るものが止まると、ハッセンは続けた。

「この前のとき、雇い主にもう来なくていいって言われたんだ。たぶんぼくが果物を一箱盗むのを見たからなんだと思う」

「どうする？　森に行くか？」

鉄条網を飛び越えて、ぼくらは自分たちの小屋よりも十倍は高く、ぼくらの髪の毛よりももっと濃密な林の真ん中に駆けていった。とは言っても、ハッセンはその明るい色の髪と青っぽい目のせいでフランス人《ガウリー》のような顔をしていた……。

つるが木々の頂から垂れ下がり、幹に巻きつき、根っこで膨らんだ地面までたどり着いて枯れていた。

ぼくの仲間はかがんでつるの先を折ると、それを口にくわえた。それから、マッチとやすりをポケットから取り出し、つるに火を付けると、息切れでもしたかのように息を吸い込んだ。すると、つるの先が赤くなった。

「ほら、吸えよ！」

「いいや、ぼくはいいよ」

「ちょっとだけでも試してみろよ」

「いいって言ってるだろ。お前の煙の枝なんていいから、放っておいてくれ！」

ぼくらは、つるの煙の匂いを後に残しながら、進んでいった。

「お前の枝、くさいぞ。そいつを小屋の中で吸うのはやめとけよ！」

巨大なナラの二本の根の間にある小屋は、か弱く見えるもののやはりそこにあった。

学校がない日、ぼくは他の子供《ゴーン》〔「ゴーン」はリヨンの方言〕たちとそこで何時間も過ごした。女の子たちは一度掃除をしに来たが、ぼくらがパパとママごっこをしたがっていると理解したとき、段ボールの上に横になるのを拒否した。それ以来、ぼくらは小屋の中で何もしないでいた。ただ何時間も話すだけだったが、それはそれで心地よかった。

その間、ぼくらの親たちは彼らの小屋の中で心配せずに過ごしていた。そこで、ぼくはハッセンに提案した。

「今日一日ここにいるために必要なものを持ってきたらどうだろう？」

ハッセンは了解し、ぼくらは早足でシャアバへ戻った。

母はまだ家をごしごしと磨いている最中だった。先程のぼくの物憂げな《ラング＝ウルー》〔「舌＝ラング」とかけた言葉遊び〕仕草のことを母は忘れていた。ぼくは、まず床に置いてある雑巾で泥のついた靴を忘れずにきれいにしてから台所に侵入し、戸棚の扉を開けた。そして、新聞紙に食べ物を包んで、それをベルトに取りつけた。もっともらしくするために草や根を食べるという考えにはあまり気が進まなかったので、ぼくは角砂糖を三つと大きなパンの中身の白い部分を選んだ。

ぼくは森の入口でハッセンと合流した。ハッセンの母親は彼をブアリアン〔ボン・ア・リヤン＝「役立たず」の意〕扱いし、食べ物の代わりにほっぺたに肉づきのいい五本の指を食わせた。ぼくは彼を安心させた。

「お昼になったらぼくの角砂糖を分けようよ。それから、狩りをするんだ。飢え死になんてしないさ」

ぼくが学校で万年筆から回収したペン先を若木の先端に付けて矢を作っている間、ハッセンは小屋の中に正座して話をしていた。

弓を肩から斜めに担ぎ、ぼくらは狩りへの準備を整えた。

「まずお昼を食べようよ！　どうなるかわからないからな……。狩りで何も捕まらなかったときのことを考えてさ」

ハッセンは自信があるように見えた。彼が砕こうと角砂糖に歯を立てるたびに、それは未開の森で斃《たお》されたばかりの猪の残骸に食らいついているかのようだった。ぼくも彼の真似をした。

それから数分後、枯れ木を踏まないよう注意しながら、ぼくらは獲物を求めて木々や灌木の間を進んだ。

数歩進んだところで、ハッセンは忍耐の限界に達した。

「この辺りには何もいないよ。ぼくうちに帰る」

「だめだ、もう少し待て。それに、お前は音を立てすぎるよ。だから、動物がいなくなっちゃったんじゃないか」

口に入れられるようなものは、相変わらず見当たらなかった。兎も猪も狐も鹿もおらず、そこにはぼくらの様子に笑っているに違いない平和な鳥たちだけがいた。

「あそこ見ろよ……鳩だ！」

ぼくは目を大きく開いて観察した。そして、狩り仲間の無知のせいでいらいらした。

「あれは鳩じゃないよ。コマドリだよ。コマドリは殺しちゃだめだぜ。食べてもうまくないからな」

ぼくらは木々の厚い髪を突き抜ける陽の光に照らされた空き地にたどり着いた。

「今から武器をこのやぶに隠して、ふるいを使って狩りをするんだ」

ハッセンは当惑して、ぼくがやることを見ていた。ぼくは手早く四つの木の破片を四角く組み立て、それを網で覆った。そして、その一辺を地べたに付けて置き、反対側の一辺に短い枝を地面とふるいのつっかえ棒として支え、宙に浮いたままになるようにした。これはちょうど、罠を作動させる短い枝に結びつけた長い紐があるので、自分が閉じることのできる開いた口のようなものだった。

牢獄は獲物を迎える用意ができていた。

鳥を惹きつけるために、ぼくは取っておいたパン屑を中心にまき散らした。

それから、数メートル離れた巨大なナラの木の陰に隠れて、パン屑好きが現れるのを、紐を手に待った。

ハッセンは、ぼくの授けものをつつきに一羽のゴシキヒワがやって来たのを見て、大喜びした。ぼくは彼に静かにするようサインを送った。鳥はすでにふるいの中心にいた。ぼくは、急いで紐を引いた。やった！　ぼくらは罠の方へ駆け寄った。驚いた鳥は動かない。これからふるいを持ち上げて、鳥を手づかみしなければならない。ぼくは提案した。

「ぼくがふるいを持ち上げるから、お前は鳥をつかむんだ」

「ずるいぞ！　その反対にしようよ」ハッセンは反論した。

「お前、怖いんだな！」

「お前だってそうだろ」

「よし、じゃあいいよ。ぼくが一人でこの鳥を取るから。でも、焼けたときには、お前は羽と足を食べるんだぞ」

ハッセンは黙っていた。ふるいを持ち上げようとしたとき、ぼくの手は震えていた。ぼくの体中を震えさせたかすかな音とともに、獲物は牢獄から逃れることに成功し、ぼくらをあざ笑いながら天に向かって去っていった。ぼくは意地悪く言った。

「ほうら、お前のせいだぞ、恐がりめ！」

ハッセンは言った。

「お前の方がぼくより怖がってたじゃないか」

「もういいよ。帰ろう。お前にはいらいらするよ。それから、そもそもお前と狩りをするのは金輪際ごめんだぜ」

恐がりと一緒になるのを避けるために足を速め、パンに挟んだ角砂糖を一つしか腹に収めずにシャアバへ帰った。

小屋に近づくにつれて、異様な騒ぎが起こっていることが次第にはっきりしてきた。

有刺鉄線を広げると、ぼくはかがんで二本の鉄線の間をすり抜け、ビドンヴィルの正面の広場に出た。尋常ならぬ戦闘のような大騒ぎが起こっていた。子供たちはあらゆる方向に走り回り、自分たちの家に入ると、またすぐに出た。他の子たちは手をたたき、その場で飛び上がっていた。もっとも年少の子供たちは、姉の腕の中で泣いていた。この騒ぎの原因を探ろうと、頭を外に出している母親たちもいた。

土手の反対側を見て、ぼくは何が起こっているのか理解した。巨大な鉄の鼻面をしたものが細い道を一杯にして、あたかもデザートのように非常にゆっくり進んでいた。つまり、壮大なゴミ回収トラックが、豊かに、宝物を方々に溢れさせていたのだ。

警報は非常に早いうちに発されていた。すぐに動かなければならない。ぼくは弓を置きに家へ走った。通りすがり、母がぼくに投げかけた。

「早く！　お前の兄さんたちはもう行ったよ」

ぼくが外に出るやいなや、動く金庫は小屋の辺りにたどり着き、ローヌ川へ向かう砂利道に入った。子供たちは襲いかかろうとその後ろを走っていた。もっとも大胆な者たちや、もっとも身のこなしが軽い者たちは、ゴミ捨て場にいちばん早く着くためにゴミ回収車にしがみついた。もっとも小さい者たちはそれを真似ようとするが、地面に崩れ落ち、よろめきながらまた走り始めるのだった。他の者たちは、興奮した子供たちの群に文字通り踏みつぶされていた。彼らには残念だが、運がいい者と悪い者がいるものだ。だが、幸いにもトラックはゆっくりと走らざるを得なかった。

ぼくらは川岸にたどり着いた。トラックはバックし、ぼくらの貪欲な視線の前で荷下ろしを始めた。荷台から最後の紙切れが滑り落ちるやいなや、みんなは数平方メートルの汚物に身を投げ、私有物であることを宣言するのだった。

「ここはおれの場所だ！」ラバフは自分のものと決めた一帯が目に見えるようにするためでもあるかのように、腕を広げ、手を大きく開いた。

「これは全部ぼくのだ！」有無を言わさぬ口調でぼくも言った。

そして、念入りな物色が始まった。袖を肩まで、ズボンをへそまでまくり上げて、ぼくはゴミの山から色々なものを掘り出した。服や古い靴やとりわけおもちゃや瓶や本やグラビア誌や半分使われたノートや紐や皿やナイフやフォークやスプーン……。

いくつかの段ボール箱に覆われた自転車のタイヤを力一杯引き出しているときに、ぼくは裂けた缶詰の空き缶で手を切ってしまった。数メートル先でラバフがぼくの怪我に気づき、手当をしに家に帰らなければ土手の病気に罹って死んでしまうよと叫んだ。ラバフがぼくの場所を自分のものにしたがっているのだと、ぼくは理解した。そこで、相変わらずぼくは自分の宝物の上にとどまり続けた。

ぼくが彼の策略に引っかからなかったのを見て、ラバフは微笑み、それから大声で笑った。勝負に潔い彼は、古本の山から引っぱり出したばかりのクッキーの袋をぼくに渡した。一休み。ぼくは工事現場で軽い食事を取った。

ゴミ山のふもとで、ぼくからは顔の見えない誰かの髪をつかんで、ムスタフが汚物の中を這い回っていた。彼らは取っ組み合いの喧嘩をしていた。所有権を侵害したせいに違いない！　彼らの周りでは、他の者たちが脇見もせず発掘を続けていた。

ラバフの弟の一人が自分の戦利品が底をついたのを見て、ぼくの陣地に近づいた。ぼくは警告した。

「そこで止まれ。そこから先はぼくの場所だぞ！」

彼は従った。どちらにせよ、自分の家族の戦利品が大きいことを知っているのだ。

さっきゴミ回収車が来ることが知らされたとき、ラバフは利益の多い遠征にかり出すべく家族みんなに知らせたのだ。

一人で来た者は、がっかりして帰ることになる。

念入りな捜査の後、すべての段ボール箱や入れ物が空けられると、ぼくはビドンヴィルへ帰ることにした。洞穴に宝物を持ち帰るために、ぼくはベルトに小さいかごを紐で縛りつけ、その中に本や皿やおもちゃや布きれをごちゃまぜに入れて、そのかごを引きずって石ころだらけの道を進んだ。他の者たちもぼくの真似をしたので、ぼくらは間もなく本格的な荒野の一群をなし、通りすがりに巨大な土埃を巻き起こした。

かごの中身を空けようとしていると、ルイーズがやって来るのにぼくは気づいた。ルイーズは牧場用の丈の長い長靴をはいて、ゴミをかき回すのに使う棒を手に持っていた。彼女は機嫌が悪そうだった。

「トラックが来たのかい？」ルイーズが訊いた。

「うん、でももう終わりだよ。もう全部掘り起こしたから」ぼくはばか正直に答えた。

彼女は続けた。

「悪党どもめ！　あたしに言ってくれてもよかったじゃないか。それに、ラバフはどこだい？」

「後ろだよ。まだ終わってないんだ」

ルイーズは、ぎこちない動きでローヌ川の方へ向かった。

ルイーズは夫と一緒に大通りの方のコンクリートの小さな家に住んでいた。この老女は身長一メートル五十センチぐらいの丸顔で、その頭には大抵ヘンナで染めた少ない髪の毛がやっと生えている程度しかなかった。

ルイーズの夫はギュさんだ。ギュさんは仕事がないときには、庭の手入れをしている。寡黙で、はげ頭で、存在感が薄く、いつも青白い顔をし、目が飛び出しているギュさんは、妻の突飛な振る舞いによく困惑していた。彼はルイーズと子供をもうけることができなかったが、シャアバで家族手当をもらって百万長者になるだけの子供を見つけることができた〔フランスでは子供の数に応じて家族手当が支給され、子だくさんの移民が高額な家族手当を受けているという説が流布されている〕。

ルイーズはラバフに合流した。ラバフは、すでに雑多なもので溢れているかごにソレックスのモーター〔原動機付自転車用のモーター〕をやっとのことでつっこんだ。棒で自分の長靴を叩きながら、ルイーズはラバフに付きまとった。

「あたしに言いに来るのを忘れたってことだろう？　わかってるよ、わかってるよ。トラックが来るとみんな急いでるから、ルイーズに知らせに行く時間なんてないんだろ……」

ラバフはしっぽを巻いて、意味不明の言葉をしどろもどろに言った。

「あんたが来たがってるって知ってたけど……。おれはただ……」

「お前はただ……。ムッシューはただ……。お前にはしてやられたってことさ！　自分一人のために小金を取っておきたかったんだろ！　白状しな！　ルイーズが一部持っていってしまうからだろ！」

「いや、違うよ」

「じゃあ、どうしてあたしを探しに来なかったんだい？」

老女にうんざりしたラバフは、しょげて頭を下げていた。

「お前が目をそらすそのやり方は大っ嫌いだ。あたしが話してるときはあたしを見なさい！　目を見て！　ほら、ここ！」

ラバフは話すことも、ルイーズを見ることもなく、かごに綱を結びつけて、振り返らずに進み始めた。ラバフの後ろでは、ルイーズがゴミ山の真ん中に突っ立っていた。彼女はラバフを呪っていた。

「ボスになったつもりなんだろ、ラバフ。このお遊びで負けるのはお前だってことはわかってるだろ！」

ラバフにはどうでもよかった。ずっと前から、ソレックスのモーターのことしか頭になかったのだ。


シャアバの貴婦人は、自分の補佐役の態度に憤慨していた。いずれ復讐するだろう。

復讐を心に決めて、彼女はラバフの数メートル後について家へ帰った。

今日は木曜日で、毎週木曜日には彼女はぼくらのうちの何人かを自宅に招くのだった。これは最高のご褒美だった！　選ばれた者にとっては類い稀な喜びだった。

ぼくらがゴミ捨て場から掘り起こした財産の価値を確かめている間、ルイーズはムスタフを引き連れて宮殿に入る幸運に恵まれることとなる者たちを指し示すために、ぼくらの間を抜けていった。

今日、ぼくはその中に入っていた。

ルイーズは知らんぷりをしているラバフの後ろを通った。ラバフは軽蔑的な態度で、彼女を罵倒したいのを水牛のように我慢しながら、モーターを調べ続けた。

これで終わりだった。グループはできていた。ぼくらは家の大きな門まで女主人について行った。

「ここで待ってな！　ポロを柵の中に入れてくるから」

彼女は庭に入った。そこには、鳩や白鳩や鶏や兎の供をして、主人の留守中にその財産を守る役を務める体重四十キロの巨大な狼犬がうろついていた。大きな柵に囲まれたこの家畜小屋は、シャアバの小屋の正面の通りに面していた。

聞こえるか聞こえないかの口笛に、ポロは本能的に反応した。そして、厳かに三歩進んでルイーズのところにやって来た。ルイーズは、ぼくらに通り道を作るためにポロを中に入れた。

金網の向こう側で、狼は四本足の上に座り、芝生にあごを載せ、絶え間なくぼくらを黒い目で見つめていた。その鋭い歯がぼくらを歓迎していた。

ぼくらは囲いの側を通って、家の入口に着いた。すると、ぼくらはルイーズ・ババの洞窟に足を踏み入れるのだった。

ギュさんはすでに家にいた。椅子に座って体を揺らし、ゆったりとパイプをふかしていた。そして、ぼくらが入ってくるのを見て、微笑んだ。

部屋はとても狭く、暗かった。たった一つの小さい窓が環状道路に面していた。窓の上には木の時計があって、一時間に一回鳴り、時刻を知らせるために色のついたサヨナキドリが「カッコー」と鳴きながら外に飛び出すのだった。

ルイーズは、部屋の真ん中にあるテーブルの周りにぼくらを座らせるのだが、残念ながらお城を訪ねたくてうずうずしている四十人ほどの子供《ゴーン》を迎えるには、このテーブルは小さすぎた。

ルイーズは、巨大な鍋に何リットルもの牛乳を注ぎ、それを火にかけると、ぼくら一人一人の前にカフェオレ・ボールを置いた。そして、その中に一匙のココアを入れ、パンを切り、バターとジャムをぼくらの手の届くところに置いた。

ぼくは牛乳が温まるのを待っていた。

こうして、四時のごちそう〔フランスでのおやつの時間〕が始まるのだった。ジャムを塗ったパンは、ギュさんを唖然とさせる速さで、ボールとぼくの口を行き来した。ギュさんは、ぼくらの家にはココアもジャムもないことを知っている。四時のおやつには決まって、パンと角砂糖しかなかった。

ぼくは無言でこの幸運を味わっていた。

「もう食べ終わった？」ルイーズが尋ねる。

四時のおやつは腹に収まっていた。

「それじゃあ、ギュと一緒に庭の掃除をしに行くんだよ。わかった？」

「何をすればいいの、ルイーズ？」ムスタフが質問した。

「枯れ葉を掃除して、雑草を抜いて、熊手で土をかき混ぜるんだよ。ギュについて行きな。どうすればいいか見せるから……」

ボランティアたちは応じた。これが、来週の木曜日に立候補するための代価なのだ。

嫉妬！　ラバフはぼくらがお腹をいっぱいにして宮殿から出てくるのを見て、嫉妬していた。ルイーズはライバルの心臓のど真ん中をつき、子供《ゴーン》たち全員の前で辱めたのだ。ラバフがこのオーバーヘッドキックに満足すると思うなら、それは彼をよく知らないということだ。


数日前からすでに、自分の持ち物を置くために整えたシャアバのくぼみで、ラバフは二十四羽のひよこを飼っていた。ひよこたちは、日がな一日段ボール箱の中でピヨピヨ鳴き、藁の上を飛び回っていた。ラバフは自分だけがこの小動物たちの親を知っていると思っていたが、シャアバでは誰もが知っていた。

貴婦人の鶏に感嘆しているうちに、ラバフは繁殖に必要ないくつかの要素、自分の鶏小屋を作るのに必要な最低限のものをいただくことにしたのだ。

ある夜、ラバフは鶏が入れられている大きな囲いの金網を切り、雌鶏が愛情をもって温めている卵をすべて頂戴したのだ。その前に、彼はポロを黙らせておくことを怠らなかった。定期的に生肉や血のついた骨や鶏の足をやると、狼犬はそう長くは抵抗しなかった。狼が危険ではなくなるようにするには何日も必要で、それはポロが毎回ラバフを認識し、涎にまみれた舌を庭の地面に届くほど出すようになり、近づいても吠えないと確信できるようになるまで続けられた。すっかり自信を持ったラバフは犬の目の前で穴を掘り、そこから鶏小屋に入り込み、鶏たちに盗みを働いたのだ。

今ではラバフの鶏小屋は良好な状態で、この子《ゴーン》がポロと継続的な関係を保つ一方、ルイーズは自分の鶏たちが罹っている病気について自問していた。犬がいらだった様子をまったく見せないので、彼女はすぐに盗難の可能性はないと判断したのだ。

しかし、ムスタフにこの状況について話したとき、ルイーズは何かあるのではないかと考えていた。

「何日か前から変なんだよ。テラスであたしの足下に座ってるとき、ポロが鶏小屋の方を見てばかりいるんだ。まるであたしに何か見せたがってるようなんだ……」

ムスタフは驚いたふりをした。彼はルイーズの卵とひよこがどこにいるのか知っていたが、いとこへの連帯感から何も言わなかった。飼っている犬の執拗さが非常に気になったルイーズはある日、犬の後をついて行くことにした。犬は当然のことながら彼女を鶏小屋に連れて行き、自分にたらふく食べさせてくれるひよこ泥棒が滑り込む穴を見つめた。彼女はすぐに雌鶏たちの不妊の理由を理解した。

「卑怯な奴め！」彼女はシャアバの方を見て言った。

夜が更けると、いつものように泥棒は穴の入口にやって来た。だが、今回は犬が見えない。それでも、心配することなく庭に入り込んだ。カバンの中に失敬しようと卵に手をかけるやいなや、大きな狼が巨大なコウモリのように彼に襲いかかった。狼が二本の足を侵入者の胸にのせ、その顔を歯で引きちぎろうとしたとき、ルイーズが叫んだ。

「ポロ！　やめなさい！」

ポロはすぐにやめ、動かなくなった。

獲物に近づくと、貴婦人はラバフの顔が青白く、息づかいが途切れ途切れになっているのを心配し、家の中に入れて飲み物を与えた。ラバフは意識を取り戻し、すべてを説明した。

その翌日、すでに事件は片付いており、金網の穴はふさがれた。ルイーズの雌鶏たちは再びひよこを産み始めた。ラバフは自分のひよこをそのまま飼い続けたが、隣の庭に手ごわい敵ができた。ポロは勝ったのだ。

シャアバから大通りへと抜ける小道のプラタナスの陰で三人の娼婦が働いていた。彼女たちはそこで一日中歩道に立っており、半ズボンかミニスカートをはいて、絹のストッキングにつつまれた長い足を見せて待っていた。

すでに二、三回、ぼくはハッセンと一緒に彼女たちを観察し、彼女たちが顔に塗っている化粧の色を見に行った。自分たちがここにいるのを夫に見られたとしても、ぼかして自分だとわからないようにするためにこのように色を塗っているのだと、ハッセンは最初思っていた。ぼくは、それが特に大通りを車に乗って通る紳士たちの気を惹くためのものなのだと知っていた。

「女たちが吸う煙草を見たか？」ハッセンがぼくに言った。

「一日中何もすることがないからだろ。時間を過ごすために煙草を吸ってるのさ」

「来いよ。もう行こうぜ」ハッセンが提案した。「一人に見られたぞ」

背中を曲げて、ぼくらは見えなくなるまで後ずさりで進み、注意を惹くのを避けるために小さい林を通ってシャアバへ帰った。大通りの娼婦を眺めて目の保養をしているのを見られでもしたら恥だ……！

ルイーズがおやつに招待する者を選ぶために、四時に庭に出た。今回はラバフも部隊の一員だった。

ぼくらが甘くすばらしい食べ物をがつがつと食べていると、ルイーズが素早く体の向きを変えて急いで窓の方へ近寄ると、いきなり窓を開けて怒りを爆発させた。通行人が、彼女の家に好奇心に満ちた目を向けたのだ。通行人はたったの三メートルしか離れていない大通りの歩道を歩いていたのだった。

「まったく、頭がおかしいんじゃない？　あんたも来るかい……。熱いコーヒーがあるよ……！」

明らかに驚いた様子で、その男はそそくさと歩いていった。

娼婦がぼくらのところに車と怪しい輩《やから》を引きよせるのだと、ルイーズは主張した。この手の輩は手をポケットに突っ込んで小股で歩き、まるで誰かにつけられているかのように周りをきょろきょろしながらビドンヴィルの中央広場を渡るのだと。

二日前に、他の女たちがローヌ川の脇の小道の外れにやって来た。そして、ビドンヴィルから伸びる三本目の小道の土手のちょうど終わりのところにもやって来た。

ぼくらは娼婦たちと彼女たちが引きよせる獣たちに囲まれていた。

ルイーズの機嫌がぼくらの食欲を減退させることはなかった。彼女は街娼たちが引き起こす新しい状況について大人同士で話すために、ラバフの隣に座った。ぼくはハッセンと共犯者の目配せを送り合った。ルイーズは、このようなことについて話すにはぼくらが幼すぎると思っているのだろう。

「あの人たちの問題について真剣に対応しなきゃならないね」彼女は、ラバフの同意を得るためにこう結論した。

ぼくらは全員家から出た。通りすがりに、ラバフはポロと目を合わせた。

父が地面に敷いた段ボールの切れ端の上に座って他の男たちと話していた。ルイーズが男たちのグループの方へやって来て、全員と握手し、フィルターなしのゴロワーズ〔フランスでポピュラーな煙草の銘柄〕に火をつけると、娼婦についての会話に参加した。

「何とかしなきゃ、ベグエグさん……。あの娼婦たちに侮辱されるわけにはいきませんよ……」

話が聞こえないぐらいの距離に子供たちが離れていることを確認してから、ブージードはガウリーヤに合意した。

「アンタ、イウトオリダ、るいーざ。アノゴミドモ、ドケナイトナラナイ。ショウフ、コドモタチノタメ、ヨクナイ!」

父はシャアバの空気をきれいにするために行動する準備ができていた。

さっそく次の土曜日に、春を売る女たちに対する最初の征伐が始まった。

大通りのアスファルトでかけられる急ブレーキの数からすると、土曜日は娼婦たちにとって盛業の曜日だった。

ルイーズは、シャアバの女たちと悪魔狩りに出かける許可をブージードに求めた。長い間迷ったあげく、ブージードは承知した。

こうしてこの日の午後、ルイーズはぼくの母とジドゥマとその他すべての強い女たちを集めた。確信を持った足取りで、色とりどりのビヌワールのグループがズボンをはいた女を先頭に大通りに通じる小道を進んだ。女たちの一部には、正体を明かさないためにタオルで顔を隠している者もいた。

「部隊、前進！」

すでに歩道のプラタナスの間には多くの車が停まっていた。作戦を指揮するルイーズは、売春婦たちの前に最初にたどり着いた。車の中では、娘がリズミカルに頭を下げたり上げたりしていた。部隊の一人の女が窓ガラスに顔を近づけた。そして、恐怖の叫びを発した。

「まあ、何てこと！」

彼女は蒼白になって、恐ろしい光景を見てしまったことを呪っていた。軍団が入ってくるのを見て、娼婦たちは身を守るためにお互いに身を寄せた。ルイーズは集団に止まるよう命じてから、身持ちの悪い女たちを前に話し始めた。

「ゲスどもめ！　あたしたちのところで不潔なことをやるのをやめなさい！　ここには子供がたくさんいるってことがわからないのかい……？　ここから出てってちょうだい、今すぐにね！」

「ソウダ。ショウフ、デテイケ！」ジドゥマが続いた。

他の女たちもうなずいた。

最初は代表団が脅しに来たことに驚いていた娘たちは、勇敢に対応した。彼女たちのうちでもっとも年かさの娘が高慢な様子で前に進み出た。

「まったくもう、おばあちゃん、そのけばけばしいアラブ女たちと一緒ならあたしたちが怖がるとでも思ってるの？　そりゃ、無理だよ。あたしたちのことを見てみなよ！　くそ食らえだ。わかるでしょ。くそ食らえ！　あたしたちはここに居続けるわよ。あんたは北アフリカの山の羊たちと一緒に自分の庭に戻るんだよ。わかったかい？　ほら、さっさと消えうせな！」

ぴしゃり！　この口上はルイーズをその場に釘づけにした。北アフリカの山の女たちは話がまったく理解できなかったが、すべてに対して同意した。

「全員後退！」隊長は部隊に命じた。

部隊はそそくさと小屋へ戻った。こうして娼婦《ビテーン》たちとの戦争が幕を開けた。歩いている間、シャアバの貴婦人は攻撃のための作戦を練った。

「あいつらの尻に子供《ゴーン》たちを送り込んでやる。売女たちめ、誰が出て行くのか見せてやる！」

ルイーズの後ろでは、ビヌワールたちがまたもうなずいた。

娼婦たちの反応に深く傷つけられたルイーズは、シャアバの子供たちに総動員を呼びかけた。十九時にぼくらは全員集まり、ルイーズの戦略の説明に聞き入っていた。

「お前たちは全員あいつらがいるところから十メートルぐらいの場所に隠れるんだ。ラバフがサインを送ったら、始めるんだ。最後に走ってここに戻ってくるんだよ……」

聴衆はゲームのルールに賛成した。ラバフが公式に作戦の責任者に任命される一方で、全員がそれぞれ役割と階級を与えられた。幸いにも、ぼくは前衛部隊の一員ではなかった。ぼくは単に歩道に停められた車のナンバーをチェックする役割を課されただけだった。

「もし忘れるのが心配だったら、大通りの壁に書けばいいさ」ルイーズがぼくに言った。

ルイーズは、娘たちに会いに来る男たちの大半が妻帯者であると考えており、彼らがぼくらのねずみ駆除キャンペーンに反対するようなら、車のナンバーをメモしたと言うつもりなのだ。

「あんたのかみさんに電話してやるぞ、ハッルーフ〔豚を意味する悪口〕め！」

ルイーズいわくこれが非常に確実な保証になるとのことだが、ぼくはもし根っからの独身主義者にでも当たったら、ばかげたことだと思っていた。

部隊は作戦を開始した。ぼくらは攻撃対象にできるだけ近づき、茂みに隠れた。ぼくらの手とポケットは、様々な大きさの石で重たくなっていた。ぼくは前衛部隊から少し離れたところで停止したが、武器は持っていた。何が起こるかわからないからだ。

歩道では、つかの間の幸福を売る商売が繁盛していた。二人の娼婦が車の中で働いている一方で、他の男たちは自分の車の中でいらいらして足を踏みならしながら、自分の番を待っていた。うまくカムフラージュしたシャアバの戦士たちは「戦闘のサイン」を待っていた。突然、ラバフは二本の指を口の前に持っていき、口笛を吹いた。子供たちみんなが、まったく同時に両足を踏ん張って力強く立ち上がった。

ぼくは身をかがめた。ぼくの両膝は恐怖のせいでがくがくしていた。

小石が雨あられと車の上に浴びせられた。車体は衝撃を受け、フロントガラスは粉々になった。中にいた男女たちが車から出て来たが、無防備なまま石のにわか雨《ラデ・ド・ピエール》に襲われ、頭を手で覆いながらあらゆる方向に逃げまどった。

ルイーズに対して豪傑を気取った娼婦も一目散に逃げた。彼女が逃げるときハンドバッグが開き、中身が車道に散らばった。三人の子供が小銭を取り合って、地面に転げ回った。

突然、四十がらみの勇敢な男が攻撃者に立ち向かい、叫んだ。

「アラブ小僧《ブニュール》〔マグレブの人々に対して使われる蔑称〕め！　おれが自分の国でお前たちにボス《カイド》〔北アフリカの地方官のことで「ボス」を意味する〕のようにふるまわせておくと思ってるのか？」

男はぼくの方、正確に言えば、ぼくがリリパット人のようにしている方を見た。まったくぼくはツイていない。男が近づいてくるがその顔は引きつっている。こいつがぼくに降りかかってこなきゃならないんだから！

「ラバフ！　ラバフ！　おじさんがぼくを捕まえようとしてるよ！　助けて！」

四人の戦士が男の背中に走り寄り、弾を浴びせた。男はやっとぼくから離れて逃げていった。

戦闘は終わり、隊長がシャアバへの退却を命じた。

「早く！　全員走れ！」

逃げるとなると、ぼくはいつも一番だった。とりわけ危険から逃れる場合には。へとへとになって、ぼくはシャアバに一番に着いた。ルイーズは庭から戦闘の様子を逐一見ていたが、相手に与えた大損害を見てもみ手をしていた。

「やったぞ！　やったぞ子供《ゴーン》たち。あんたたちみんなにご褒美にカフェオレをいれてあげるから。さあ！　みんなあたしについて来なさい！」

ルイーズの家の門の前で、ぼくらは押し合いへし合いした。それぞれが自分の分け前を要求した。

隣にいるハッセンに、ぼくは言った。

「ぼくに近づいてきたおじさんを見たか？」

「ううん」

「ぼくを捕まえようとしてたんだ。でも、ぼくがそいつを怖がらせてやったよ。このハッルーフの頭にボッシュ〔石を意味するリヨンの方言〕を命中させてやったんだ。そしたら、逃げていったよ」

「怖くなかったか？」

「怖いだって？　怖かったのはやつの方さ……」

そのとき、ラバフがぼくらの会話に興味を持って、こちらを振り返った。ぼくは黙った。


翌日の朝、学校へ行く途中、売春婦たちに対して繰り広げられた冒険についてぼくらは時間をつぶすために意見を言い合った。

毎日勉強をしに遠出を始める朝のこの時間の空気は涼しかった。

プラスチックのカバンを背負って、体にぴったり合わない上っ張りを着て、それほどしわになっていないズボンをはいて、とくに整える必要のない髪のまま、ぼくは他の子供たちに混じって、あまり確かではない足取りでモナン大通りを通った。

小屋のある場所に着くと、十人ほどの子供たちがぼくらのグループに合流した。大通りを通りすぎると、別の大通りにたどり着き、ぼくらはプラタナスの陰に沿って進んだ。そこは娼婦たちの一帯だった。そこでは、ぼくらは丸く、透明に近い白いゴムをよく見つけた。ラバフはぼくらの前で笑いながらそれを膨らませて見せるのだった。

警察官が警笛の大きな音と決まった身振りで交通整理をしている十字路に、ぼくらはたどり着いた。

その後にレオ・ラグランジュ小学校があった。だが、ここまでたどり着くのにどんな不安を味わったことか！　橋は運河の混沌とした荒々しい水の上に架かっていた。この水の緑っぽい色を見るだけで、ぼくは麻痺状態におちいった。風が強い日にはくず鉄全体が音を立てた。すると、ぼくは片手で手すりにつかまり、もう片方の手でゾフラの上っ張りをつかむのだった。この大変な地点を通過すれば、あと百メートルぐらいの道のりしか残っていなかった。

時刻は八時数分前だった。門の前にはすでに大勢の子供たちが待っており、そこにはグループができていた。ハッセンはビー玉遊びのグループに近づいた。そして、仲間の一人に言った。

「ぼくのビガロー〔サクランボの種類の名前にちなんだ大きいビー玉〕を賭けるぜ！」

相手は受け入れた。

ハッセンは足を開いて、学校の壁に背をもたせて座った。そして、ビー玉を自分の前に置いた。二メートル離れたところにいる投手たちは、うまく投げられなかった。ハッセンはビー玉を回収し、ポケットに入れた。他の子供たちが挑戦したが、無駄だった。こうして、ハッセンは三十ほどのビー玉を獲得し、遊びをやめると言った。

その間、ぼくは瑪瑙《めのう》のビー玉を狙って十のビー玉を投げたが、負けてしまった。

その少し先では、ビー玉を置いた者が取られたビー玉を渡すのを拒んでいた。すると、喧嘩が始まった。

一人のジプシーがぼくらに近づいて、ハッセンに話しかけた。

「お前のビガローを置くか？」

「いいや。今日の午後だったらいいよ」

ジプシーは食い下がった。

「おれがお前のビッグなやつを取るんじゃないかとビビってるんだな！」

ハッセンは、軽蔑した様子で相手を見た。相手はそれ以上食い下がらなかった。

時間まであと五分だった。そこで、ぼくは通りの反対側の店に山羊のチーズを買いに行くことを提案した。通りすがり、ぼくはクラスの生徒たちがいるのに気づいた。彼らは今朝の暗唱の練習をしていた。

ぼくらが戻ってくる間に、学校のチャイムが鳴った。すると、歩道に置かれていたかばんが一つもなくなった。みんな立っていた。母親たちは子供たちにキスし、励ましていた。

学校の管理人が鉄の重い門を開け、色とりどりの上っ張りを通すために脇にどいた。ダムの堰が切られた。流れは男の子たち、女の子たち、小さい子供たちに分かれ、それぞれ教室に向かって飲み込まれていった。

朝八時から十一時三十分まで、ぼくらはもっとも大きな沈黙のもとで知を蓄積するのだった。

二人ずつの列になって、ぼくらは教室に入った。先生は自分の席についた。

先生は点呼して、アラビア語の名前を読み上げるたびにつっかえた後で言った。「今朝は道徳の授業から始めます」

ぼくが小学校に通い始めてから毎朝同じように、先生は道徳の話を始めた。そして、毎朝同じように、学校でぼくはその話に顔を赤らめた。先生の話とぼくが通りでやっていることの間には、一本のワジ〔北アフリカで降雨期にだけ流れる川〕全体が流れかねない！

ぼくは道徳にかなっていなかったのだ。

フランス人の生徒と先生の間で議論が始まった。彼らは全員、自分たちの経験を話し、今日の授業と自分たちの道徳が合っていることを示すために指を上に挙げた。

ぼくたちクラスのアラブ人は、何も言うことがなかった。

ぼくは目と耳を大きく開いて、議論を聞いていた。

ぼくは、自分が板とトタンでできた小屋のビドンヴィルに住んでいて、このような生活をしているのは貧乏人だと分かっていた。ぼくはアランの家へ何回も行ったが、アランの両親はモナン大通りの真ん中の一軒家に住んでいた。それがぼくらの掘っ立て小屋よりもずっと美しいものであることを、ぼくは理解した。それになんて広いのだろう！　アランの家は、ぼくらのシャアバ全体と同じぐらい広かった。それに、アランは自分一人の部屋があり、そこには本が並んだ勉強机と自分の服をしまうためのたんすがあるのだった。アランの家へ行くたびに、ぼくはそれらに見とれた。ぼくは自分が住んでいる場所を言うのが恥ずかしかった。だから、アランがシャアバに来たことは一度もないのだ。アランは、土手の汚物を漁ったり、ゴミ回収トラックにつかまったり、娼婦やホモをゆすったりするような人物ではなかった！　そもそも、アランは「ホモ」の意味を知っているのだろうか？

クラスでは議論が白熱した。生徒たちはぼくが聞いたことのない言葉を言った。ぼくは恥ずかしかった。しばしば先生と話しているときに、ぼくはシャアバの言葉を言うことがあった。ある日、ぼくは先生に言った。

「先生、母の首にかけて誓いますが、それは本当です！」

ぼくの周りでみんなが笑った。

それに、アラビア語でしか知らない言葉があることにも気づいた。例えばカイッサ〔浴用手袋〕だった。

ぼくは自分の無知が恥ずかしかった。そこで、数カ月前から自分の生活を変えることに決めていた。貧乏人やクラスの弱い者と一緒にいたくなかったのだ。ぼくは、フランス人と同じようにクラスの順位でトップの方になりたかった。

先生は今朝始めた清潔さについての議論に満足していた。よく参加した者には、絵やポイントを与えてやる気を出させた。

午前の授業のチャイムの音で、半分打ちのめされたぼくは教室から考えごとをしながら出ていった。ぼくは彼らと同じようにできることを証明したかった。彼らよりもよくできることを。たとえシャアバに住んでいてもだ。

最初に外に出た者たちがビドンヴィルへ帰るのに、他の者たちを待っていた。というのも、ハツルーフのせいで誰も給食の時間まで残らなかったからだ〔豚肉の摂食はイスラームによって禁じられている〕。

先生がぼくらのクラスの生徒のうちでもっとも優秀な生徒の一人と話しながら学校の門の方へ歩いているのが見えたので、すぐにぼくは反対の方を見た。ぼくがじろじろ見ていると彼らが思うかもしれないからだ。

シャアバの子供たちが全員揃うとぼくらは帰った。

ぼくは家でパスタを急いでかきこみ、時間が十分ぐらいしかないにもかかわらず外に出た。まずハッセンが、それから他の子供たちがぼくに合流した。ぼくらはパチンコで瓶を倒し、「ブラック〔自転車を意味するリヨンの方言〕のクランク装置」を修理し、段ボール小屋を建てるのにいそしんだ。

そして、瓶のかけらや錆びた釘に当たる石や叫び声の合間に、命令の声が響いた。

「学校の時間だ、ポール先生〔作者によると、一八八一〜八二年にかけて公教育大臣だったポール・ベールを指す。教育の普及に努めた大臣の一人〕の命令だぞ！」

ぼくらはすべてを放り出し、汚れを落とすためにたらいに手を突っ込み、学者の上っ張りを着込んだ。こうして、数分のうちに一団はその日の第二ラウンドへの準備ができていた。

ぼくらは三度目の道のりを進んだ。

二時前には、学校の前で再び駆け引きが始まった。今朝のジプシーがビガローの件を再びハッセンに持ちかけてきた。

「ほら、置くんだろ？」

ハッセンは承諾し、座って遊びを始めたものの、負けてしまった。ジプシーは、負けた者の悔しがる視線を前に、少し離れたところで戦利品を置いた。

時刻は二時になり、また授業が始まった。午後はゆっくりと進む。今朝の授業以来、今ではぼくの考えははっきりしている。今日から、クラスのアラブ人でいるのはやめよう。ぼくはフランス人と同等に渡り合わなければならない。

教室に入るとすぐに、ぼくは一番前にある先生の目の前の席に座った。この席に前に座っていた生徒は退散した。そして、今となっては教室の奥の空いているぼくの席に直行した。

先生は驚いた目でぼくを見た。当然のことだと思う。ぼくは、もっとも従順な生徒の一人、日誌をもっともきれいに書く生徒の一人、手や爪にいかなる汚れの跡も残さない生徒の一人、授業中もっとも活発な生徒の一人に自分がなれることを先生に示すつもりだった。

「われわれは皆ウェルキンゲトリクス〔カエサル率いるローマ軍に対する反乱を指揮したガリアの首領〕の子孫です！」

「はい、先生！」

「われわれの国、フランスの面積は……」

「はい、先生！」

先生はいつでも正しい。先生がぼくらはみんなガリア人の子孫だと言うのなら、それは正しいのだ。ぼくらの口髭〔ウェルキンゲトリクスは長く先が横に反れた口髭をたくわえた人物としてよく描かれる〕が同じではないとしても、仕方がない。

この日の午後、ぼくは強い印象を与えた。ぼくの指は何時間もの間ずっと空の方へ向けられたままだった。先生が質問をしていないときでさえ、ぼくは答えようとした。先生はぼくにまだ絵もポイントもくれていないが、間もなくくれることだろう。

五時のチャイムが鳴った。出口に向かって生徒たちが押し寄せた。数人の不幸な生徒たちは六時十五分まで自習しなければならないが、ぼくもそのうちの一人だった。ぼくの両親は、ぼくが外にいるよりも学校にいるとわかっている方がよいと考えていたからだ。ぼくは明日の宿題をやってしまうことにした。この日は、いつも以上の情熱がぼくの中で燃えていた。先生がぼくの方向転換を理解してくれたとぼくは信じていた。一番前の席に座ってよかったのだ。

通常なら、ぼくは自習に残るのが嫌いだった。なぜなら、黄昏時のシャアバはすばらしいからだ。ビドンヴィルは一日の仕事の後で息を吹き返す。父親たちは全員帰っている。

自習が終わった。ぼくは狂ったように走って家へ帰った。大通り、モナン大通り、土手の道、そしてやっと夜の帳《とばり》が下り始めたシャアバに着いた！

男たちは庭で小さいグループをなしている。彼らは話し、煙草を吸い、妻たちが外に運んでくれたコーヒーを味わいながら飲んでいる。この夜、父はグループの真ん中にアンテナをぴんと伸ばして置かれたラジオから流れるアラブ音楽を聞きながら、穏やかな様子だった。

彼らの周りでは子供たちが動き回り、せっせと自分たちの仕事をしていた。一人の父親が立ち上がって、一本の空き瓶をめぐって喧嘩している二人のいたずらっ子を引き離した。

ぼくはハッセンが女の子たちと男の子たちのグループといるのを見たが、そのグループの真ん中にはルイーズがいた。ルイーズは話をしていた。みんな先生に与えられた宿題をするよりも、ルイーズの話を聞く方がよかったのだ。パン一切れと二個の角砂糖を手に、ぼくもルイーズのすばらしい話を聞いた。

「ゾフラ！　弟たちを呼んでおくれ。みんな食べに帰って来なさい」母がドアの敷居から叫んだ。姉はしぶしぶ言われた通りにした。そして、ぼくらについてくるよう懇願した。

「そうしないと、パパに怒られるのは私だからね！」ゾフラは言った。

ムスタフがゾフラについて行った。ぼくも二人に合流した。

庭には、空いた椅子と男たちがコーヒーのコップを置いた大皿しか残っていなかった。彼らは、おそらくシャアバの空気に漂い始めたショルバ〔アルジェリア料理のスープ〕の強い匂いに誘われて、自分たちの小屋へ帰ったのだ。

この日の夜、母はデーツと発酵乳と一緒に食べるガレットを用意していた。布巾をかぶせた皿に、母はまだ熱いガレットをいくつかていねいに置いた。そして、ぼくに皿を渡しながら言った。

「ほら、ブーシャウィさんのところにこれを持っていきな！」

ぼくは庭に出た。そのときぼくは、羊の肉が二つのったクスクスの皿をぼくたちに持ってきたラバフの弟の一人に出会った。ラバフの父親はブーシャウィの父親と話している最中で、ブーシャウィの父親を食事に招いた。

ぼくはしばらくシャアバの真ん中の通りをうろつき、カーテンを通して小屋の中を見た。すると、母がぼくを叱責するのが聞こえた。

「食べないで寝るつもりなのかい?」

みんなは発酵乳とデーツを食べ終わっていた。ぼくはジドゥマから送られてきたクスクスを食べ始めた。

辺りはもうすっかり暗くなっていた。シャアバではすべてが奇妙なほど静かになった。日中との格差が耳に響く。ラジオが夜遅く望郷にとらわれた者に向かってアラブ音楽をささやいている。男たちと女たちは、掘っ立て小屋の中で数時間の「私生活」を見出す。

床に直に敷いたマットレスの上で、子供たちはお互いにぴったり身を寄せている。女たちは逃避を、男たちは国を夢見ている。ぼくは明日、学校で作文があることを願いながらバカンスのことを考えていた。


金曜日の今日、八時にぼくはまた一番前の席に座った。クラスでは全員、今後ぼくがこの席から動くことはないと理解した。

先生は礼儀作法について説教した。

「礼儀正しい子供は、こんにちは、こんばんは、ありがとうございます、と大人に言うのですよ。こうした言葉は、礼儀正しい人々の言葉だからです。例えば、礼儀正しい子供は、毎晩寝る前に両親の頬にキスするものです」

先生はこの最後の言葉を言いながらぼくの方に目を下げた。ぼくのことをばかにしているのだろうか？　この日まで、自分のテント《ギトゥーン》に入る前にこのような儀式をしたことなどなかった。先生がぼくに話しかけないことを願いながら、ぼくは目を伏せた。先生は続けた。

「中庭の屋根の下で始まりのチャイムが鳴るのを待っている校長先生や先生に、これまで誰か挨拶に行きましたか？」

教室では、誰も手を挙げなかった。みんなの視線は横にそれた。朝学校に入るときに、誰がコーチョーに挨拶しに行くなんて考えついただろうか？

説教が終わると、先生は十一時三十分まで作文をすると言った。課題は「田舎で過ごすバカンスの一日について書きなさい」だった。ぼくはカバンから二つ折りの紙を取り出し、万年筆をインク壺に浸すと、下書きをせずに作文を書き始めた。ぼくの考えはすでに整理されていた。シャアバのことを書くわけにはいかなかったので、先生が想像する田舎にいるかのように書くつもりだった。

ぼくは子供の話を書いた。この子は網を使って魚釣りができ、槍を使って狩りをし、ふるいを使って鶏を罠に掛け……。だめだ。ぼくは最後の部分を消した。先生はぼくが野蛮だと言うだろう。その上、子供はほとんどすべての鳥、卵、爬虫類、自然の果物、蝶、茸を見分けることができる。母親が牝鹿や山羊の乳のしぼり方を教えてくれた。友だちと一緒に、山羊の上や野原につながれた羊に乗ってロデオをした。結論として、少年は田舎で幸福である、とぼくは書いた。

時間は過ぎた。課題を提出しなければならない。先生は二つ折りの紙を回収するために机と机の間を通った。ムーサウィは紙に何も書かなかったが、先生はそれについて何も言わなかった。

午後、ぼくらは別の作文を書いた。ぼくは満足していた。うまく書けたからだ。夕方シャアバへ帰ると、ぼくは森を走り、一番きれいな枯れ葉を拾い、木の幹にはりついて生えている茸を摘んだ。ハッセンやラバフや他の子供《ゴーン》たちと合流する前に、ぼくはこれらをカバンの中に隠した。

彼らは巨大な手押し車を作っているところだった。

小石を踏む音が聞こえて、突如金槌の動きが中断された。ムスタフが、大声で叫びながら学校への道から出てきた。

「あいつらが戻ってきたぞ！　あいつらが戻ってきたぞ！　土手の方にいるよ！　娼婦が戻ってきたぞ！」

ぼくは走って見に行った。確かに、彼女たちはそこにいた。シャアバの小屋から百メートルぐらいのところの学校へ行く道にいた。客たちもそこにいた。

ラバフがぼくらのところにやって来た。そして、茶目っ気たっぷりの目を細めながら言った。

「娼婦が戻ってきたことをルイーズに知らせちゃだめだぜ！」

ルイーズは働いているから、知らないだろう。ぼくらはまた後で来ることにしよう……。

「さあ！　子供たちはシャアバに戻った！」

ぼくらはその通りにした。隊長は間違いなく驚くべきアイディアがあるのだ。


それからしばらくのち、ゲリラ作戦が始まった。ぼくらは全部で十人程度だった。ぼくらは、娼婦と車の中で動いている男にできるだけ近づいた。すると、ラバフはそこで止まるよう命令した。そして、ムスタフに言った。

「お前はおれと一緒に来い。だが、絶対に音を立てるなよ！」

兄は従った。二人はチーターのように背中を曲げ、針金を腕に抱えて車の方へ進んだ。慌てることなく、二人は後ろの車輪に罠を巻きつけた。何という大胆さ！　仕事が終わると、英雄たちは元の場所に戻ってきた。

「全員弾を持っているか？」ラバフが訊いた。

「それじゃあ、やりたいだけ発砲しろ！」ムスタフが号令した。彼は自分にも命令できると示したかったのだ。

爆撃が始まった。運転手はエンジンをかけ、歯にひびが入るような音を立てて数メートル進んだ。車輪が針金でがんじがらめになった車は、最終的に動かなくなった。この瞬間、ぼくは正確に狙いをつけて石を投げ、それが後ろ側のガラスを割った。驚いてしまったせいで、ぼくは数歩後ろに下がった。

「発砲やめ！」ラバフが命じた。

恐怖に凍りついた二人の敵は車から脱出した。彼らはまるで何か言いたいかのように、しばらくの間ぼくらを見ていた。

男は自分の車の車輪を解こうとしていた。娼婦はぼくらの方に数歩進んだ。そして、数メートルのところで立ち止まった。大きく開いたブラウスから、ピンク色の胸の雄弁な部分がのぞいていた。ラバフとムスタフがこのすばらしい贈り物以外に何も目に入らなくなっている一方で、ぼくらはポケットの中をかき回して石を準備した。

娼婦が腕を挙げた。

「ちょっと待って。提案があるの」彼女は年上の者たちに向かって言った。「あんたたちがボス《カイド》でしょ。あたしもねえ、子供《ゴーン》がいるのよ。あんたたちぐらいのね……。でも、あの子たちはあんたたちみたいに意地悪じゃないわ。どうしてあたしたちをいつもうんざりさせるの？　もうあんたたちの邪魔をしてないじゃない。だから、あたしたちを放っておいて、働かせておいてちょうだい」

ラバフとムスタフは何も言わなかった。そして、心を動かされさえした。すると、娼婦はハンドバッグを開けた。ぼくらは全員数歩後ずさりしたが、彼女はぼくらを安心させた。

「怖がらなくていいのよ。ちょっと待って……」

彼女は小銭入れを取り出して、ぼくらの目の前で開けた。そして、五フラン札を取り出すと、ラバフに渡した。

「ほら、取っておきなさい！　それで、これからはあたしの仕事の邪魔はしないでちょうだい！わかった？」

ラバフは引き下がり、娼婦に理解を示すと同時に保護を約束し、退却を命令した。それからというもの、毎日歩道の女たちが警察の来ないアラブ人の小屋《ブニュール》のそばに働きに来ると、部隊が税金を徴収しに行った。だが、財政の管理をしていたのはラバフとムスタフだけだった……。

今朝、いつもと同じようにモナン大通りの外れに着くと、ラバフは脇道を進むことにした。行き先は知らないが、友だちのシッシュと一緒にヴィルユルバンヌの方へ行ってしまった。ぼくは彼らについて行きたかった！

八時五分前に管理人が門を開けると、ぼくは中庭の屋根の方へ歩いていった。ちょうどぼくの正面の先の方にある男子用の中庭で校長が先生たちと話していた。二人ずつ並ぶよう合図するチャイムがもうすぐ鳴ろうとしていた。カバンを背負って、下まできちんとボタンを閉めた上っ張りを着て、ぼくは先生たちのグループの前に立った。喉の詰まった声で挨拶しながら、ぼくは手を差し出した。誰もぼくに注意していなかった。上の方で、非常に深刻な内容の話をしているのだ。誰かが見ているのではないかと、後ろを振り返ってみた。幸いにも、ぼくは誰にも気づかれなかった。

すると、先生の目がぼくに話しかけるように注がれた。

「そこで何をしているのかね、君？」

ぼくはどうしたらいいのかわからなかった。

「昨日の授業のことを覚えていないんだろうか？」

後へ引くわけにもいかず、こちらへ注意をうながすべく声を張り上げることにした。

「おはようございます、先生！」

今度は、彼らはぼくの方を見た。再び全員に手を差し出した。校長は爆笑した。他の先生たちもそれに続いた。彼らは上司の合図を待っていたのだ。

背中にはカバンを背負い、清潔な上っ張りを着、髪を整えたぼくは恥ずかしかった。そして、中庭の中央の方へと戻っていった。そこでも、別の場所でもどこでもよかった。ぼくは何に対してももう反応しなかった。ぼくの行動はばかげていたのだ。チャイムが鳴った。それでも、ぼくは列の方へ向かった。ぼくらが階段を上っているときに、先生がぼくの肩に手をのせた。

「君がやったことはよろしい……。でも、《おはようございます》とだけ言えばいいのだ。手を差し出さずにね。それは大人がすることだ……。でも、よろしい。今日のようにいつも礼儀正しくしなくてはいけない」

ぼくは先生をまともに見ることができなかった。ぼくは礼儀正しくふるまったクラスで唯一の生徒だった。だが、二度と同じことをするまい。そもそも、これからはあのような人たちの前を通るのを避けよう。

ぼくは席に座り、ひざの上にカバンを置いた。カバンを開けると、先生に贈るために昨日入れた枯れ葉と茸が出てきた。ぼくはすぐにカバンを閉めた。

「先生には何もあげるつもりはない。いい気味だ」

午前はすぐに過ぎた。先生が授業で言ったことに関してはまったく記憶がない。ぼくの心は別のところにあった。明日は土曜日だ。ムスタフと市場へ行こう。


ムスタフは、毎回ぼくらが市場へ働きに行くときと同じように、ぼくを早く起こした。五十サンチームのサラダのばあさんはもう遠い記憶に過ぎない。今では、ぼくらは独立した労働者だった。ぼくらはクロワ・リュイゼ市場で自然のものを売っていた。スズラン、ライラック、ひなげし、宿り木、セイヨウヒイラギ……。ちょっとでもお金になるすべてを売っていた。

「ライラックはどうですか。一束一フラン、三束で二フラン。きれいなライラックはどうですか！」

今朝、ぼくは八百屋たちの真ん中に立って、一人で花を売った。ムスタフは、少し離れたところにいた。彼は自分では声を出さずに、ぼくに客を引きよせるために叫ばせた。ラバフとその弟たちも来ていたが、今回はライバルだった。

市場はぼくの得意ではなかったが、ライラックを売ればたくさんお金を稼げた。午前中に三十フランは稼げるのだった。ムスタフはぼくに硬貨をいくつかくれた。残りは母に渡すのだ。

「二束ちょうだい！」一人の老女がぼくの前で急に立ち止まって、言った。

ぼくは地面に置いてある花を取るためにかがんだ。すると、老女はぼくの髪に手をやり、小さい巻き毛をなでて、褒めた。

「何てきれいな髪なんでしょう！」

ぼくは彼女の微笑みを前にして、当惑していた。花束を手に、老女は三メートルごとに振り返りながら道を続けた。

「二束ください！」

「はい！　どれがいいですか？」

ぼくは適当に二束選び、老女が言ったお世辞の衝撃から抜け出せないまま、相手の男の目を見ながら花を渡した。突然、その先に花束を二つ掴んで伸びていたぼくの腕が、二度目の衝撃のために曲がった。ぼくの先生、グラン先生がぼくの目の前にいたのだ。ぼくはふらついた。先生は微笑みながら花束を掴んだ。恥ずかしさで真っ赤になって、ぼくは目を伏せ、大きすぎるビロードのズボンの中で身を縮めた。

先生はすぐにぼくの動揺を察した。

「おはよう、アズーズ君！　いくらかね？」

どうしたらいいのだろう？　逃げるのはどうか？　いいや。先生はぼくがおかしくなったと思うだろう。ぼくは下から上まで追いつめられ、一言も発することができなかった。先生はぼくの手を取り、一フラン硬貨を三枚握らせ、ライラックの花束をぼくに返すと、市場の真ん中へと消えていった。ぼくは二十キロの体重のうちの少なくとも十キロを失ったに違いない。先生が陳列台の向こうに消えていなくなると、ぼくはムスタフに会いに行った。

「もう行くよ。もうやめてシャアバに帰る」ぼくは言った。

「お前、頭でもおかしくなったのか？　持ち場に戻れ！」

「いや、帰る！」

そして、花を市場に残したまま、家の方向へ逃げていった。

月曜日に学校で先生に会ったときには、どうしたらいいのだろう？　何と言えばいいのだろう？　クラスの生徒全員の前で、先生は見たことを言うだろうか？　恥だ！　偶然がぼくにたちの悪いいたずらをしたのだと思う。ただ森で摘んだだけの花を市場へ売りに行くことは、道徳的によいことなのだろうか？　いいや。育ちのよい子供はそんなことをしない。そもそも、市場でライラックを売るフランス人の子供はいない。ぼくら、シャアバのアラブ人だけだ。

ぼくは午後、悩んで過ごした。

月曜日の朝、恐ろしい一夜の後で、ぼくは校長とそのグループを避けるよう注意を払ったのちに、グラン先生に会った。教室に入る前に、先生はぼくを安心させるために、優しい言葉をぼくの耳にささやいた。彼は思ったに違いない。

「この外国人の子供は、両親の苦しい暮らしを助けるために市場で働かなければならないのだろう！　何たる悲惨！　何たる勇気！」すべてを失うことを怖れていたのに、点を稼いだことを知って、ぼくはとても幸せだった。ぼくは先生を安心させ、こう言いたいところだった。「グラン先生、同情するのはやめてください。生活費を稼ぐために市場に花束を売りに行くわけじゃないんです。母に放っておいてもらうためなんです。それに、自然がふんだんに恵んでくれる花をフランス人がお金を払って買うのを見るのがおもしろいんです」それでも、それ以来先生が持っているぼくに対する大いにやる気の勇気ある子供というイメージを壊さないようにした。結果としては、道徳にすっかりかなった子供というわけだ。

テストはうまくいった。毎晩、他の子たちと遊びに行きたいという気持ちを抑えて、家で宿題をやった。ゾフラが読んだり、計算したり、詩を朗唱したりするのを助けてくれた。父が遠くから見守っていた。

今夜、ぼくはカバンを振りつつ学校の出口の方へ歩きながら、すでに成功の喜びを味わっていた。すべてを熟知し、熱心に質問に答えるのは何という喜びだろう！　ぼくの周りでは、クラスの他の生徒たちがテストについて話している。数メートル前では、ムーサウィが同郷の者たち、クラスの一番後ろにいる者たちと歩いている。

一人のアラブ人女性が正門から入ってきて、ぼくの方へ向かってきた。彼女の服装が目を惹いた。彼女はぼくの母が料理をするときと同じような服を着ている。オレンジ色のビヌワール、足にはサンダル、頭に巻かれた赤いスカーフという出で立ちだ。丸い腹にはウールのベルトをつけている。彼女はぼくに近づくと、ぼくを見て微笑んだ。アラビア語で挨拶した後で、まるで誰かに聞かれるのを怖れているかのように、低い声で話した。

「お前がエル・ウーリシヤのブージードの息子かい？　あんたたちは小屋が建ってる方にある掘っ立て小屋に住んでるだろ？　お聞き！　あたしもエル・ウーリシヤに住んでたんだ。お前の家族をよく知っている。まずは、お母さんによろしく言っておくれ。《ジャミーラがよろしく言ってた》って言うんだよ。学校ではちゃんと勉強してるかい？　ちょっと、助けてほしいんだよ。あたしの息子のナセルの隣に座って、テストのときに助けてやってほしいんだ……」

ぼくは、どうして彼女がぼくのところにやって来たのか理解し始めた。

「あたしたちはみんなアラブ人だろ？　どうして助け合わないのかね？　お前はナセルを助けて、

ナセルはお前を助けるってわけさ」

ぼくはナセルを知っていた。クラスでの成績はあまりよくなかった。でも、ぼくに何ができるだろう？　ぼくは黙っていた。このような態度が他の態度よりもいいと考えていたからではなく、この突飛な要求を前に何も考えられなかったからだ。この女性にぼくは心を痛めた。自分の息子もフランス人と同じように物知りになってほしいと思っているということが、ぼくには理解できたからだ。彼女はしだいに困惑していく様子でぼくの前に立っていた。彼女は自分の息子にかけて、ぼくらの同じ出身にかけて、ぼくらの家族にかけて、世界中のアラブ人にかけて、ぼくに懇願した。

いいや、危険すぎる。彼女にははっきり言わなければならない。

「テストのときに息子さんがぼくの隣に座ってもいいか、先生に訊いてみます！」

彼女はぼくが世間知らずなのだと思い、彼女が要求している共犯関係を理解していないのだと考えた。

「でも、先生にわざわざ訊く必要はないだろ！」彼女は言い返した。

「じゃあ、インチキをしろって言うんですか？」

「まあ！　大それた言葉を使うね……。息子を助けるだけで……」

ぼくは彼女の言葉を遮った。

「先生に訊いてほしくないというなら、ぼくはごめんです……！」

彼女が口ごもっているのを放って、ぼくは出口の方へ向かった。それから、彼女がぼくを呪っている声が聞こえたが、気にしなかった。自分が誰だと思っているのだろう？　先生のお気に入りになったからといって、ぼくがテストの時間にインチキができると彼女は思っているのだ。何という世間知らずだろう！　それに、道徳は？　テストのときには自分の知識を漏らしてしまわないよう十分注意しているぼく、他の者が写すのではないかといつも怖れているぼく、自分が知っていること、努力をして記憶したことを盗まれるのではないかと怖れているぼくが……。この哀れな女性はこのようにして、隣に座って、知識を共有して……、こうやってクラスで一番にみんななれるとでも思っているのだ！　まったく、本当にこの人は世間知らずだ。誰も彼女の息子がぼくと同じように勉強するのを妨げているわけではない。それならどうして彼も勉強しないのだろう？　ああ、マダム、ぼくを買収しないでください。

学校の門を出ると、ナセルに出会った。母親を待っているのだ。ナセルは知っているのだろうか？　それとも知らないのだろうか？　ナセルはぼくに別れの挨拶をした……。これは、彼が自分の母親の裏取引を知らない証拠だった。

帰り道に、平然とした態度とは裏腹に決まり悪く思っていたぼくは、ゾフラに訊いた。

「ナセル・ブーアッフィアのお母さんがさっきぼくに話しかけてるのを見ただろ？」

「うん、何て言われたの？」ゾフラが言った。

「テストのときにナセルを助けてほしいって言われたんだ！」

「ええ？　それで何て答えたの？」

「もちろん、断ったよ！　受け入れた方がよかった？」

「ううん。それでよかったのよ」ゾフラは気乗りしない様子で答えた。

「ぼくを喜ばせるためにそう言ってるんだろう……」

「違うよ。別にいいんだ」彼女が言った。

「よくないよ。言ってくれよ！」

「何て言ってほしいの？」

「思ってることをさ」

「じゃあ言うけど、ちょっと手伝ってあげてもよかったんじゃない……」

「何をするために？」

「例えば、復習とか。そうじゃなかったら、計算とか……」

ぼくは姉の発言に当惑して、少し迷った。

「でも、彼女がぼくに要求してきたのはそういうことじゃなかったんだ。テストのときにカンニングをすることだったんだ」

「そりゃあだめ！　だったら、断って本当によかったじゃない」彼女は答えた。

自分が不実な友人なのではないかという疑いがぼくの心からすっかり晴れて、ぼくらは帰り道を進んだ。

そして、ぼくらはシャアバへ着いた。ぼくはすぐに母のところへ行って、ナセルのお母さんをよく知っているのかどうか確かめてみた。

「母さん《エンマ》、ブーアッフィアさんのこと、よく知ってる？」

「ああ、もちろんだよ。息子のナセルがお前のクラスにいるんだろ。この前会ったときにそう言ってたよ」

「それで、本当によく知ってるの？」

「本当によく知ってるよ。エル・ウーリシヤにいたころから知ってるよ」

今度は少し恥ずかしくなった。教室の外で手伝うことを申し出るべきだったのかもしれない。宿題を手伝いにナセルの家へ行ってもよかっただろう……。

「どうしてそんなこと訊くの？」母が続けた。

「さっき、学校の校門で会ったんだ。それで、よろしく言うよう言われたんだ」ぼくはこれで会話を打ち切るために言った。

それから、エンマは洗濯に戻った。ぼくは急いでおやつを用意すると、ポンプとたらいをめぐっていつも通りの騒ぎが起こっている庭に出た。ジドゥマのくぐもった声が小屋の壁にぶつかって響いていた。

「ハッセンはどこにいるの?」ぼくは彼女に訊いた。

「小屋の中だと思うよ」彼女は叫んだ。「あの子がどこに行くか、あたしが見張ってるとでも思ってるの?」

ぼくは挑発には答えなかった。すると、彼女はつけ加えた。

「よかったら、うちに行ってみな」

ぼくがハッセンの小屋へ近づき、ドアが開いていても中が見えないようにするために引いてあるカーテンを開けると、ハッセンが見えた。ハッセンは部屋の隅で腹ばいに寝転がり、本を自分の前に大きく開いて、かかとをお尻まで持ち上げていた。三人の弟が、おしゃぶりを口にハイハイをして、テーブルの周りをぐるぐる回っていた。弟たちがぶつかってくると、ハッセンは本から目を上げずに、機械的に腕で押しのけた。

ジドゥマは水が一杯入ったバケツを両手に持って小屋に出入りし、寝転がる息子の上を通るのだが、息子をまたぐ瞬間に水を数滴、彼と紙の上にこぼした。ハッセンは平然として、膨れた紙を右腕の袖で拭った。

ぼくはハッセンの方に進み、窓のそばでラジオを聞いている父親にキスした。

「ハッセン、何してるんだ?」ぼくは小屋の中に漂う雰囲気に少し困惑しながら訊いた。

「明日ぼくらのクラスでテストがあるから、復習しようとしてるんだ。でも、うるさくてよくできないんだ」

ハッセンは地理の教科書を自分の方に引きよせるために、しつこい弟の一人を押しやった。すると、彼の手振りが少し乱暴だったために、まるで赤く熱した鉄で印をつけられたかのように、四つん這いの赤ん坊が突然泣きわめき始めた。

ジドゥマが振り返って、叫んだ。

「家のど真ん中に置いたおまえの紙にいらいらするよ。あたしのビヌワールの下に来ないで、学校で勉強できないの?」

「明日学校でテストがあるんだ」ハッセンがフランス語で答えた。

すると、これまで黙っていた父親が口を開いた。

「さあ、外へ行きなさい。お前たちのせいでラジオが聞こえないよ。本を持って外に遊びに行きなさい」

家父長が言ったことだ。あきらめて外へ遊びに行かなければならない。

「おい、来いよ」ハッセンは目で両親を呪いながら、ぼくに言った。

それから、ぼくらが庭の階段に座ると、ハッセンは言った。

「通信簿を持っていってぼくがクラスでびり尻だとわかるとぼくをぶつんだ……。やつらにはいい気味さ」

「放っておけばいいさ」ぼくはハッセンを力づけようと言った。「ところで、お前に地理の授業の問題を出してやろうか……？」

「いいねえ」ハッセンが言った。「絶対に暗記できないんだ。好きじゃないんだよ」

「それでも、覚えるしかないよ」ぼくは言った。


月曜日の朝。グラン先生がテストを返して順位を発表するのは今日だ。

「あんた、ビビってるでしょ？」チャイムが鳴るのを待っているときに、ゾフラが訊いてきた。

「ううん」ぼくは答えた。「テストで全部正しい答えを書いたってわかってるから、怖くないよ。金曜日に先生がぼくの勉強ぶりに満足してるって言ってたもん」

「へええ！」ゾフラが続けた。「パパが喜ぶよ！」

管理人が学校の門を開け、ぼくらは休憩時間の校庭に吸い込まれて行った。

「十一時半に待ち合わせだよ」姉がぼくに言った。

「うん、ぼくの方が先だったら待ってるよ」ぼくが答えた。

ぼくから数メートルのところに、グラン先生がその勉強熱心に報いるために絶えずポイントを与えている生徒、ジャン＝マルク・ラヴィルがいた。彼もぼくに気づき、ぼくを待って立ち止まった。

「おはよう、アズーズ！」ぼくに手を差し出しながら、彼が言った。

ぼくも挨拶した。彼がぼくに訊いてきた。

「どうだい？　先生がテストを返すのは今日だろ？」

「それは知ってるだろ」

「それはそうだけど……」ぼくの答えに驚いて、彼は言った。

それから、彼はぼくに自分の思いを打ち明けた。

「ぼく、とても怖いんだ……」

「どうして？」

ぼくの質問に驚いて、彼はぼくの目を見据えた。

「君は怖くないのか？」

「ううん」ぼくは答えた。「ぼくはうまくできたから。何が怖いんだい？」

彼は答えずに、突然話題を変えた。

「昨日テレビ見た？」

「ううん。ぼくのうちにはまだテレビがないんだ」

ジャン＝マルクは驚愕したようだった。そして、繰り返した。

「テレビがないの？」

「うん。それに、うちには電気もないんだ」

この瞬間、学校のトイレの入口の方で、尋常ではない騒ぎが起こっていることに、ぼくの注意が向けられた。ぼくはジャン＝マルクに別れを言うと、初等教育修了証コース〔この修了証を取得する生徒は中等教育機関には進学せずに義務教育のみを終える。フランスでの義務教育は、一九五九年までは十四歳、それ以降は十六歳であり、このコースは一九七五年の改革によってなくなった〕の生徒のグループの中にいるナセル・ブーアッフィアに近づいた。

「何があったんだ？」

彼はぼくをしげしげ見ると、言った。

「お前には口をきかない、お前もおれにはそうしろ。わかったか？」

「ぼくが何したって言うんだ？」少なくとも十人の男子が喜びに身を震わせているらしいトイレの中に目をやりながら、ぼくは訊いた。

ナセルが何も言わないので、ぼくは何が起こっているのか確かめるためにトイレに入った。初等教育修了証コースの他の生徒と同じように、ゴロワーズを口にくわえたラバフがそこにいた。

ぼくは訊いた。

「どうしたんだ?」

「見ろよ!」人差し指でトイレの個室の上を指しながら、ラバフが言った。

ムーサウィが個室の上の部分に登っていて、隣の個室の中に頭を突っ込んでいた。

「女子のクラス担当のベドラン先生がおしっこしてるのさ」ラバフが笑いを押し殺しながら、説明した。

ムーサウィはぼくらの方を振り返って、眺めている景色がすばらしいということを示すために手を振ってから、降りてきた。

「全部見たよ」彼は言った。「レースのついたピンク色のパンツをはいてるぜ」

「おれの番だ!」ラバフが言った。

そして、猫のように物見台に登った。その両足はトイレのドアに沿って伸びていた。すると、ムーサウィが洗面台の方へ向かい、手のひらのくぼみに水を流し入れ、ラバフの上、ちょうどベドラン先生が座っているところに投げかけた。事の重大さに気づいたぼくは、大笑いしているムーサウィの後を追って外に走り出た。ラバフは地面にくずれおれ、ピンク色のパンツの先生が叫ぶ声が聞こえた。

「ああ、助平め!」

幸いなことに、ぼくらが校庭の屋根の下に飛び出してきたとき、先生たちと校長は背を向けていた。そして、そうしている間に、グラン先生が二人ずつの列を作るよう呼びかけた。ぼくがトイレの方を見ると、ベドランおばさんが叫びながら耳を引っぱってラバフを持ち上げているのが見えた。

「頭がどうかしてるわ！　無礼者！」

ぼくの後ろで、ムーサウィが笑い転げた。

「パンツを見たのはおれだけさ！」彼は仲間の前で自慢した。

列には落ち着きがもどり、ぼくらは教室に入った。先生の机の前を通るときに、ジャン＝マルク・ラヴィルはもっとも美しい微笑みを見せびらかした。その唇は恐怖でひきつっていた。教室の奥に行く途中で彼とすれ違ったムーサウィは、ラヴィルの尻に手をやり、密かに言った。

「オカマ野郎！」

彼はかまわなかったが、ムーサウィが彼を脅すのはこれが初めてではなかった。ムーサウィは以前に四時のおやつや小遣いや本でさえも彼からくすねていた。しかし、ラヴィルは誰にも何も言わなかった。

「さあ！」先生がぼくらを急かした。「早く座りなさい！　まずはテストを返して順位を発表します。それから、前回始めた地理の授業を終えます」

生徒たちの列に不安の風が吹き始める一方で、グラン先生は机に置いた答案用紙の束の後ろに座った。答案の横には、親たちがサインすることになる通信簿が置かれていた。強い動揺がぼくのお腹を乱し始めた。ぼくは、グラン先生が「誰々、一番、誰々、二番」と言う瞬間のことを考えていた。もしかすると、先生はまず順番の番号を言ってから、生徒の名前を言うだろうか？

一番、アズーズ・ベガーグ？　いいや、これは一つの例に過ぎない。競争に勝つのはラヴィルだということは、みんな知っている。それじゃあ、やり直そう。先生は「一番、ラヴィル」と言うだろう。それから？　二番は？　二番になりたがっているすべての生徒と同じように、ぼくは、ぼくらの耳に届く前に自分の名前が先生の口から出てくるのを見分けようと、先生の唇を凝視するだろう。二番がぼくでないのなら、続きを待たなければならない。この拷問の苦しみのことは、考えない方がいい。

数人の生徒が、いらだち始めた。先生は立ち上がり、通信簿の束を手に中央の通路の真ん中に進むと、評定を言い渡した。

「一番……」

クラスに緊張が走った。

「一番、アーメド・ムーサウィ」

驚愕。恐怖。不公平。教室の中の音と物が急に固まった。誰も本人の方を見なかった。彼、ムーサウィがクラスで一番！　ありえない。彼は、一足す一がいくつかさえ知らないに違いない。彼は読むことも書くこともできない。なのに、その彼がどうやって一番になれたのだろう……？

ラヴィルの顔は色を失った。自分が一番だとばかり思っていたのに、フランス人でさえない、卓越した怠け者に追い抜かれたのだ。

グラン先生は表情を変えなかった。その目は、手にしている紙に釘づけになっていた。そして、再び口を開いた。

「二番、ナセル・ブーアッフィア」

今度は、ぼくがふらついた。先生は、紙を反対向きに、もしかするとアラビア語で読んでいるのに違いない。ぼくはナセルの方に顔を向けた。驚いた彼の目は空をさまよっていた。彼はぼくら一人一人の顔に、自分に対する陰謀が企まれているのだという証拠を見つけようとしたが、いかなる答えも得られなかった。もしかすると、奇跡なのかもしれない……。ぼくは、ムーサウィの方を見た。彼の顔には半信半疑であることが見て取れた。

そして、ラヴィルは一秒ごとに崩れていった。グラン先生は、悪戯っぽい目をぼくらに向けた。わかったぞ！　先生がしていることをぼくは理解した。数人の生徒が微笑み始める一方で、先生は順位を発表し続けた。

「……フランシス・ロンデ、後ろから三番目。アズーズ・ベガーグ、後ろから二番目。そして、クラスの最後、ジャン＝マルク・ラヴィル」

今では、通信簿を渡し始めたグラン先生も含め、クラスのみんなが心から笑っていた。先生はムーサウィの方へ進み、軽蔑とともに言い放った。

「まったくひどい！」

不良少年は頭で同意を示し、こう言っているようだった。お前の順位なんか、知ったこっちゃない！

それから、ナセルに言った。

「まったくひどい！」

母親がぼくを買収しようとしたナセルは、通信簿を受け取ると泣き始めた。

「泣いてももう遅すぎる」グラン先生が言った。「その前に勉強するべきだったのだよ……」

そして、先生がぼくのところに来ると、その顔は輝いた。

「君の勉強ぶりにはとても満足しているよ。このまま続けなさい。すべてうまく行くだろう」

あとはラヴィルしか残っていなかった。

「おめでとう、ジャン＝マルク君。君の勉強ぶりはすばらしい」

ぼくは両手で通信簿を受け取ったが、この知らせを聞いて父がどんなに誇りに思うだろうかと思うとその瞬間、あまりに感情が昂ぶり、叫んで先生にキスしたいほどだった。先生は、通信簿の欄に書いていた。二十七人中二位。また別の欄にはこう書いてあった。「非常によく勉強した。頭がよく勉強家の生徒」ぼくは何と言ったら、何をしたら、誰を見たらいいのかわからなかった。向こうの最前列では、ラヴィルがやはり、一という数字に目をうっとりさせて大喜びしていた。

「明日からは、ジャン＝マルク・ラヴィルの隣に座ったらいい」グラン先生がぼくに提案した。

「はい、先生」ぼくは、その理由を知ろうともせずに答えた。

ラヴィルはぼくの方を向いて、最優秀賞受賞者が優秀賞受賞者に微笑むように、ぼくに微笑みかけた。ぼくも彼に従った。それから、グラン先生は地理の授業を始めた。

「お前、頭がいいんだな」ぼくが成績を知らせると、ハッセンが言った。「ぼくなんてびりから二番目だよ」

「やったね！」ゾフラはぼくを励まし、ムスタフはぼくの肩を叩いた。

ぼくらはシャアバへ帰った。哀れなハッセンは、グループの後ろでぐずぐずしていた。ぼくは一緒に歩くために彼を待った。

「泣くなよ」ぼくは言った。

「ああ」ハッセンはべそをかきながら言った。「うちに帰ってから、こんな風に顔が腫れるぐらい殴られるのはぼくだからな。お前じゃない」

「泣くと目が赤くなるぞ。目が赤いと、お前の親父さんはお前が勉強しなかったことに気づくだろ。だから、泣くな」

「ぼくをぶてばいいんだ」ハッセンは声を荒げた。「どうでもいいさ」

「そんなこと言うなよ。待てって。ゾフラを呼ぼう。ゾフラが何とかしてくれるさ」

確かに、姉はシャアバの小学生たち一人一人の運命を握っていた。彼女が先生の評価をアラビア語に訳すのだ。例えば今夜、姉は小屋から小屋へと行き、それぞれの順位を知らせ、どうにもならない者たちに下る判決を和らげようとし、父親たちに承諾のしるしとして通信簿のどこにバツ印を書いたらいいのか示すのだ。

ゾフラはハッセンを安心させた。

「心配しないで。あたしがあんたのお父さんにあんたが今月よく勉強したって言ってあげるから」

そして、姉はハッセンの首に腕を回し、再び慰めた。

「泣かないで」

いとこは少し落ち着いた。

隠蔽工作は無残にも失敗した。ゾフラはハッセンの成績について説明するためにサイードの家へ行き、彼が十分勉強したとさえ言ったのだが、たまに肉屋として働いている父親は数字が読め、計算ができた。このことを姉は忘れていた。

サイードは先生が赤で囲んだゼロを指さして、ゾフラに訊いた。

「このゼロは何だ?」

彼女はとっさに何と答えたらいいか分からず、少ししてから問題のない行いについてのゼロだと答えた、とぼくらに言った。だが、サイードは彼女がためらったせいで信じなかった。そこで、ゾフラはハッセンを運命に任せて家へ帰った。

翌日の朝、学校へ行く途中、いとこは荒れた一晩について話した。

「まず、親父がぼくをベルトで叩いて、それからぼくは手を後ろで縛られて、一晩中そのまま床に放っておかれたんだ。それで、灯油ストーブのそばで寝たんだ」

ぼくらは全員恐怖の叫びをあげた。ゾフラはこの状況にうまく対応できなかったことで、自分を責めた。

「もうどうでもいいんだ」ハッセンが続けた。「親父はぼくの通信簿を破って、火に投げ入れちゃったからな」

「燃やしただって！」この悲劇にすっかり動揺したぼくは言った。「それで先生に何て言うつもりなんだ？」

「なくしたって言うよ」

「だめだよ」姉が介入した。「私が先生に会いに行って、全部説明してあげるから。そうすれば、嘘をつかなくてすむでしょ」

「もうどうでもいいんだ。どうでもいいんだ」いとこが答えた。

食い下がっても仕方がない。ハッセンにとって学校はもう終わりなのだ。このとき心の奥底でぼくは、ハッセンがいい成績を取れないのは生まれつきの能力のせいで、彼は絶対に頭がよくならないのだと考えた。それに引き換え、ぼくは二番だ！　運命によって選ばれたという限りない喜びが、ぼくを満たした。ぼくはこの考えに抗おうとしたが、どうしても考えてしまうのだった。

ぼくらが学校の前に着いたとき、生徒たちはみんなすでに校庭で騒いでいるところだった。

「急いで！」ゾフラが叫んだ。「もうみんな中にいるよ！」

ぼくらは少し足を速めた。ぼくが校門を通った瞬間に、ジャン＝マルク・ラヴィルがまるで一晩中ぼくを待っていたかのように、ぼくの目の前に突然現れた。

「おはよう！」彼が言った。

「おはよう！　どうしたんだい？」ぼくは驚いて言った。

「今日君が来ないんじゃないかと思っていたよ。ぼくたちが教室で一緒に座ることになってるって覚えてるだろ？」

「ああ、覚えてるよ」ぼくは冷たく言った。

ぼくは彼を再び見た。彼は見せかけの微笑みを浮かべてつけ加えた。

「一人になりたくなかったんだ」

クラスで一番の彼がぼくを必要としているのだ。先程ハッセンを前に感じた喜びが、いっそう強くぼくをドキドキさせた。何と答えたらよいのかわからずにいると、ムーサウィやナセルやクラスの他のアルジェリア人がぼくらに近づいてきた。

「お前はどけ！」ムーサウィは、カバンに足蹴りを食わせながら、ジャン＝マルクに命令した。

怯えた天才は、つま先立ちで去っていった。

「それで？」ムーサウィは意地悪く、非難に満ちた目でぼくを見つめながら言った。

「それで、何なのさ？」彼がぼくに何を望んでいるのかまったくわからずに、ぼくは言った。

彼は射るような目でぼくを見て、軽蔑の色を浮かべつつ言い放った。

「お前はアラブ人じゃない！」

この言葉の意味が理解できないまま、ぼくはすぐに言い返した。

「いや、ぼくはアラブ人だ！」

「いいや、お前はアラブ人じゃないって言ってるだろ！」

「いや、ぼくはアラブ人だ！」

「お前はおれたちと同じじゃないって言ってるんだ！」

こう言われると、ぼくの口からはいかなる言葉も出てこなかった。最後の言葉はぼくの喉の奥にとどまったままになった。ぼくが彼らのようではないというのは、本当だった。ムーサウィはぼくのためらいを感じ取って、続けた。

「ほら！　ほら！　ほら！　この前先生が《一番、アーメド・ムーサウィ。二番、ナセル・ブーアッフィア》って言ったとき、お前笑っただろ」

「いいや、笑ってない」

「笑ったって言ってるだろ！」

「お前がそれで納得するなら、ぼくは笑ったよ！」

「ほら、お前はばかだ。これがお前に言いたかったことさ」

恐ろしい虚無の感覚がぼくを襲った。ぼくは彼らの前に棒立ちになっていた。ぼくの顔では千の表情がぶつかり合った。ぼくは泣きたくもあり、それから笑って、抵抗して、負けて、懇願して、罵倒したくもあったからだ。

ナセルが口を挟んだ。

「それに、お前は答えを写させたくないんだからな！」

他の一人が続けた。

「その上、お前はゴマすりだ。先生に枯れ葉とかその手の下らないものを持ってくるのに飽きないのか？」

そしてつけ加えた。

「それから、休憩時間にどうしていつもフランス人といるんだ？」

これらの言葉一つ一つがぼくの頭の中で、足蹴りを加えて破ったドアのように響いた。ぼくは恥ずかしかった。そして、怖かった。ぼくは強がることができなかった。なぜなら、彼らが正しいと思ったからだ。

校庭の奥では、先生の前に生徒たちが二人ずつの列を作り始めていた。ぼくは、反応を示さずに眺めていた。チャイムはすでに鳴ったに違いない。でも、ぼくには聞こえなかった。

ムーサウィがぼくを直視した。

「おれはお前と喧嘩したくないんだ」彼は言った。「お前はアルジェリア人だからな。でも、やつらと一緒なのか、おれたちと一緒なのか、どっちかにしないとな！　はっきり言わないとだめだぜ」

「さあ、行こうぜ！」ナセルが言った。「チャイムが鳴ったよ」

そして、彼らはグラン先生の方へ向かっていった。


ぼくは自分の意に反して、ジャン＝マルク・ラヴィルと一緒の机に座らなければならなかった。座りたくないのだということをムーサウィや他のいとこたちに見せたかったのだが、先生からの提案であるだけにそれは無理だったし、将来クラスで一番になりたかったらこうするしかなかった。

彼らはクラスの後ろの席に向かって行くとき、まるでぼくが今朝先生の権威に挑むことを望んでいるかのように、軽蔑をこめて一人残らずぼくを見た。

ジャン＝マルクがぼくに話しかけようとした。一緒の机の右側に座りたいか、左側に座りたいか、ぼくに訊いていたのだと思う。ぼくは、グラン先生が話しているから静かにするよう彼に言った。でも、実際は彼と言葉を交わしているところをいとこたちに見られたくなかったのだ。

すでに全員が席についていた。先生は机から立ち上がり、話し始めた。

「今日は、清潔についての道徳の授業をします」

そして、数分間、清潔さについて話し、「清潔にしなければいけないか？」、「一日に何回体を洗わなければならないか？」などというような質問をした。フランス人の生徒たちは、彼らのところではよくわきまえているこうしたすべてのことについて、熱心に答えた。彼らは風呂、洗面台、そして歯ブラシや歯磨き粉のことも話した。シャアバでは、清潔に関する規則がこれほどの細かい決まりを必要としていると知ったなら、みんな笑ったことだろう。口を洗うには、ぼくらのところの大人たちはコップに水を入れ、液体を口の中に含み、それが歯の間に充満するよう顎を引き締め、表面を洗うために前歯を指でこすってから口の中で再び水をゆらゆらさせ、最後に汚れた水を一気に吐き出す。それから、前日の汚れを引き出すために喉の奥をこそげてから、アスファルトに吐き出す音が聞こえるのだ。そして、隣人に嫌悪感を抱かせないためにこの物質を足で覆う。ほうら。歯ブラシもコルゲートも必要ない。

「体をきちんと洗うのには何が必要ですか？」先生が再び質問した。

三人の生徒が指を挙げた。

「センセ！　センセ！」鳥の巣のひなのように彼らはさえずった。

グラン先生は他の生徒たちが答えようとするのを待ってから、質問を言い直した。

「毎朝、何を使って体を洗っていますか？」

「センセ！　センセ！」無鉄砲な生徒たちが相変わらず鳴いた。

「ジャン＝マルク君」先生は指で指しながら、言った。

彼は立った。

「タオルと石鹸です！」

「よろしい。他には？」

「シャンプーです！」別の生徒が言った。

「はい。それから？」

ある考えがぼくの頭に吹き出した。数分前にいとこたちがぼくを非難したことを忘れて、本能的にぼくは指を上に挙げた。

「アズーズ君！」グラン先生は言った。

「先生、シュリットとカイッサも必要です！」

「何だって⁉」先生は驚愕した目を大きく見開いた。

「シュリットとカイッサです！」何か尋常ではないことが起こっていることに気がついて、ぼくはさっきよりもかなり小さい声で言った。

「それは一体何だね？」先生はおもしろがって尋ねた。

「体を洗うために手を入れるものです……」

「浴用手袋〔手を入れられるよう縫い合わせてあるタオル〕かね？」

「わかりません、先生」

「それはどんなものだい？」

ぼくは説明した。

「その通りだ」先生は言った。「それは浴用手袋だ。君はそれを家でカイッサと呼んでいるのかね？」

「はい、先生。でも母と公衆浴場に行くときにだけ使います」

「それでは、シュリットとは何だね？」

「それは、ひもの先をたくさん一緒にねじったようなもので、ガリガリこすります。母はぼくをそれでこすりますが、そうするとぼくは真っ赤になってしまいます」

「それは、垢擦りというのだよ」先生は微笑みながら答えた。

ぼくは少し赤くなったが、先生はぼくを励ました。

「ともかく、私たちにそれを教えてくれたのはよかった！」

短い沈黙がそれに続いた。そして、先生は再び清潔さについての理論を説明し始めた。ぼくは、シャアバでのぼくらの実践がまったくなっていないということに気づいたが、何も言わなかった。

三十分間話した後で、先生は言った。

「今から君たちは全員靴下を脱いで、机の上に広げて置きなさい。君たち一人一人が清潔かどうか調べます」

恐ろしい不安がぼくの喉元をとらえた。だが、母が今朝きれいな靴下をぼくにはかせたことを思い出すと、恐怖は一気にしぼんだ。ぼくの周りでは、完全な沈黙状態だった。それから、生徒たちは全員靴紐をほどくためにかがんだ。ぼくも作業に取りかかり、香りを確かめるために靴下に鼻を突っ込んだ。くんくん！　大丈夫だ。ぼくはそれほど滑稽ではないはずだ！　ぼくの隣では、ジャン＝マルクが机にナイロンの真っ白な靴下を並べた。グラン先生は机の間を通ってここそこでいくつかのサンプルを回収し、深く臭いをかぎすぎないよう注意していたが、しみや穴の性質を詳しく調べるためにいろいろな角度に動かした。

「これは、あまり清潔じゃないな！　とてもよろしい！」先生は数人の生徒に言った。

ある者は道徳にかなっていることを誇りに感じたが、他の者は今朝靴下を替えようと思い当たらなかったことを呪っていた。

グラン先生はムーサウィとその仲間のところにたどり着いた。机の上に靴下はなかった。

「ムーサウィ君、靴下をぬいで、すぐに机に置きなさい」先生は冷静に言った。

生徒はしばらくためらっていたが、窓に視線をさまよわせてから、やっと先生の目を見て話すことにした。

「おれは靴下を脱がないよ。大体、どうして脱がなきゃいけないんだ？　ここは衛生課じゃないだろ？　それに、あんたはおれの父さんじゃないんだから、命令されるいわれはないね。靴下は脱がない。ここで待っても無駄だよ！」

グラン先生は、一気に真っ赤にし、驚きのために身動きできなくなっていた。このような反抗に直面したのは、教員生活の中で初めてのことだったに違いない。

ムーサウィは抵抗する一大決心をしていた。もしかすると、単に敵の鼻孔に敬意を払っていたのだろうか？

「お前の足は汚いのだ。だから、靴下を脱ぎたくないのだろう」先生は言い返したが、自分でも気づかずに生徒をお前呼ばわりしていた。

すると、信じられないことが起こった。作り笑いをしたムーサウィが、軽蔑をこめた視線を先生に向けてから、こう言ったのだ。

「お前はただのオカマ野郎だ！　くそ食らえ」

凍りつくような冷たい空気がクラスに流れた。数秒の間、先生が口ごもっているのが聞こえた。

言葉が口まで届かないのだ。先生は度を失っていた。すると、ムーサウィは大胆になった。立ち上がると、窓に背を向けて立ち、先生の方には横顔を向け、拳を握りしめて叫んだ。

「オカマ野郎、喧嘩したかったら来い。お前なんか怖くないぞ！」

グラン先生は、この滑稽な状況を笑うことすらできなかった。自分の机に戻ると、ムーサウィを見ずに言った。

「校長の前で決着をつけよう！」

いとこはガードを緩めて座った。

「校長だって？　やつとだってやってやるさ」ムーサウィは警告し、そして一般的なレベルに移った。「そもそも、おれはここにいるお前たち全員、一人一人とやってやる」

「なんて哀れなばか者なんだ、君は学校から追放されることになる」

「お前の学校なんか、ケツを拭くのに使ってやるさ」

「もうやめなさい」先生が言った。「さもないと、本当に怒るぞ」

「怒れよ！　怒れよ！」反逆児は再び興奮し、モハメド・アリのように飛び跳ねた。「来い！　来いったら！　待ってるぜ！」

「まったく、乱暴者を閉じ込めなければならなくなるぞ！」グラン先生はぼくらの方を振り返って言った。

「オカマ野郎！」「オ」の音を喉に引っかからせて、ムーサウィは繰り返した。

「続けなさい！　君の両親が家族手当をもらえなくなったら君もさぞ満足だろう！」

この最後の言葉はムーサウィを打ちのめした。この論拠は非常に説得力があった。学校から追放されるというなら、それまでだ。しかし、先生に靴下を見せたくないから父親の財布に影響するというのは論外だ！　彼の顔には恐怖が表れ、その目は打ちひしがれて机に注がれた。致命傷を負ったムーサウィはよくわからない言葉をいくつか口の中でもごもご言ったが、それから急にその体全体からひらめきが起こった。

「お前たちは全員人種差別主義者だ！」彼は叫んだ。「おれたちがアラブ人だから、おれたちを嫌ってるんだ！」

グラン先生は優位に立っていた。そして、攻撃に出た。

「そんな風に自己防衛をするものではない。本当のところ、お前は怠け者で、お前のような怠け者は人生で何もしないものなのだ」

「何ていうオカマ野郎だ！」ムーサウィはナセルの方を向いて言った。「こいつはおれたちがどうしていつも順位の最後にされるのか知らないとでも思っているんだぜ」

意気地なしのナセルは、どこに目をやればいいのかわからなかった。彼は両親の家族手当を打ち切りたいとはまったく思っていなかった。

「嘘つきめ！」グラン先生が言った。「アズーズ君を見てみろ……。（すると全員の頭がぼくの方に向いた。）彼もアラブ人だが、クラスの二番目だ……。だから、言い訳を探すのではない。君は怠け者のばか者に過ぎない」

この言葉はぼくを椅子に釘づけにした。どうしてぼくなのだろう？　ぼくを前線に送るなんて、先生はまったく何という考えを持ったのだろう？　ムーサウィはノートの上で口を開いていた。先生が人種差別主義者だということを証明するために新たに反撃しようとしていたのだ。ところが、無慈悲な真実を顔に投げつけられたのだ。これでおしまいだった。彼は死に瀕していた。そして、長老《シャイフ》は王になった！　ぼくのせいで！

先生の最後の言葉が教室とぼくの頭の中でまだ響いている一方で、グラン先生はまたいつも通りに話し始めた。だが、あそこの、先生が言うようにばか者たちの一角では、ムーサウィとその仲間が大声でアラビア語で話し、笑い、椅子の上で動き回っていた。これはよくある典型的な反抗だった。しかし、先生は動揺しなかった。ぼくはと言えば、もう存在せず、もう話を聞いていなかった。いとこたちの復讐が恐ろしかったのだ。

しばらくすると、チャイムの音がぼくを正気に戻らせた。ぼくらが運動場へ向かうときに、数人のフランス人の生徒たちが教室の奥で起こったアラブ人のクーデターについてうわさしていた。またも、ぼくはエリート同士の関係を結ぼうとしているジャン＝マルク・ラヴィルを追い払わなければならなかった。

「やつはいつもぼくらを困らせるのに、その後でぼくらが人種差別主義者だって言うんだからな！　ぼくはあいつが好きじゃないよ。君は？」彼はぼくに告白した。

「そいつはぼくには関係ないよ！」ぼくは荒々しく答えた。

すると、彼は自分の仲間たちに合流しに行った。

ムーサウィが取り巻きを引き連れてぼくの前に現れたとき、ぼくは校庭の隅でビー玉遊びをしているハッセンに会いに行こうとしていた。彼の目は憎しみに輝いていた。

「ぼくにまた何の用だ？」ぼくは言った。

「来いよ。ちょっとここを離れよう。話したいことがあるんだ」

ぼくらは、先生と校長が集まっている場所から離れた。そもそも、起こったばかりのことについて説明しているグラン先生の姿が、彼らの真ん中に見られた。

「わかってるだろ」ムーサウィが言った。「おれたちはアラブ人で、フランス人のオカマ野郎がみんなの前で靴下の臭いをかいで、おれたちに恥をかかせるわけはないってさ」

「だから？」

「だから……だからだって？　お前はおれがこれまで見た中で最悪のゴマすりだな。あいつがお前に靴下を脱ぐよう言ったとき、お前は何と言った？　はい、センセ、すぐに脱ぎます……。女みたいにな」

「だから？」

「だから、どうしてなのか言ってみろ？」

「それは先生だからさ！　それにそもそも、今朝母さんが新しい靴下を出してくれたから、ぼくにはどうでもよかったのさ……」

ムーサウィがいら立っている一方で、ナセルが入れ替わった。

「おれたちはみんなびり尻だ。わかってるな？」

「ああ」

「どうしておれたちはみんなびり尻なんだ？」

「そんなの知るか！」

「先生が人種差別主義者だっていうのがわからないのか？　アラブ人が好きじゃないのさ……」

「そんなの知るか！」

「ああ、そうだ、こいつは知らないんだ」ムーサウィが続けた。「当たり前だ。こいつはアラブ人じゃないんだからな」

他の者たちが同意した。

「ぼくはアラブ人だとも！」

「もしそうだったら、お前もおれたちと同じようにクラスのびりなはずだ！」ムーサウィが言った。

するとナセルが言った。

「そうだ、そうだ。どうしてお前はおれたちと一緒にびりじゃないんだ？　あいつはフランス人と同じようにお前を二番にしたな。こいつはアラブ人じゃなくて、やつらと同じガウリーだからだ。

「違うよ。ぼくはアラブ人だ。ぼくはたくさん勉強してる。だからいい順位なんじゃないか。誰でもぼくのようになれるよ」

漁夫の利を占める者がお決まりの質問をした。

「どうしてお前は休憩時間にいつもフランス人と一緒にいるのか言ってみろ。実際、お前はおれたちと絶対につるまないじゃないか？」

他の者たちは、うなずいて賛成の意を示した。何と言えばいいのだろう？

「何も言うことがないじゃないか！　おれたちが正しいってことさ。お前はフランス人だ。そういうことだろ。と言うか、お前はおれたちのようにアラブ人の顔をしてるけど、フランス人になりたいんだろ」

「違う。それは嘘だ」

「もういい。放っておけ」ムーサウィが言った。「おれたちはガウリーとは話さない」

そして、まるでスパイの正体を暴いたかのように、彼らはぼくを頭からつま先まで軽蔑しながら、去って行った。

ぼくは利口にふるまい、彼らはぼくに嫉妬しているのだと自分に言い聞かせようとしたが、グラン先生がぼくをひっかけたように思われた。ぼくは、同郷の者たちから受けた非難をひどく恥ずかしく思った。なぜなら、それは本当のことだったからだ。ぼくはいつも休憩時間にフランス人と遊んでいた。ぼくは彼らに似たいし、グラン先生には絶対に従った。

時間はゆっくり過ぎていった。午後、校長がぼくらのクラスにムーサウィを呼びに来て、その後ぼくらは彼を見なかった。

夕方、学校の出口でシャアバの子供《ゴーン》たちみんなに会ったとき、誰にも何も言わなかった。ぼくらはいつも通り平穏に小屋へ帰った。


お前はアラブ人じゃない！　お前はフランス人だ！　裏切り者！　ゴマすり！　だが、クラスのいとこたちにぼくが何をしたというのだろう？　お前はアラブ人じゃない！　嘘だ！　ぼくはアラブ人だ。証拠を見せてやる。ぼくは三カ月前から彼らと同じように先っぽが切られている。アラブ人になることは簡単じゃないというのに、今度は異教徒だと疑われているのだ。ああ！　ぼくの親愛なる両親は、ぼくの番がやってきたことを隠しているつもりになっていたが、ぼくは騙されてはいなかった。儀式の何日も前から、彼らはムスタフとぼくを誘導し始めた。

母は子羊に繰り返し言った。

「お前、お金をもらったらどうするつもりだい？　少しはあたしにくれるのかい？　あたしの子羊さんは何て運がいいんだろう！」

運がいいだって！　できることなら、喜んでぼくの番をただ同然で譲ったところだ。ぼくは子供《ゴーン》が死刑台に上らされ、突如舞い込んだ財産を羨ましがられるのに立ち会ったことがある。それなら、貧しいままでいる方がよかった。

決定的な日となる週末の四日前、女たちは大量のクスクスの粒を巨大な桶で準備した。母は、エル・ウーリシヤにいたときから手放さなかった桶を使っていた。クスクスの粒を準備している間、シャアバには重要な日に特有の雰囲気が漂っていた。十人ほどの女たちが小屋の壁にもたれて、たっぷりした尻の上に座っていた。彼女たちは左足を伸ばし、右足を完全に曲げ、こうして桶を固定し、その中で粒が転がされては集められた。ふるい、水、塩、そしてセモリナ……。腕の動きによってはっきりと区切られたリズムですべてが彼女たちの手にかけられていた。一人の女が作業中の女たちのそばを通り、コーヒーをふるまっていた。レコードプレーヤーがセティフの歌を流し、子供たちは自分たちの母親と、コーヒーと一緒に出される菓子の周りを蝿のようにうろついていた。

死刑執行人には、予告されていた。

金曜日の夜、シャアバの雰囲気はほぼ頂点に達していた。ベンディール〔北アフリカの太鼓〕が調子を取って叩かれ、いとこたちの小屋に離れて集まった女たちは踊り、ぼくらの家に集まった男たちは椅子に座ってフランスでの生活の話をしていた。子供たちは二つの祭りの間を行ったり来たりし、あちこちで皿の中をつついていた。

恐怖があまりにもお腹を締めつけていたために、眠れなかったとぼくは記憶している。ぼくは何度も兄に尋ねた。

「痛いの?」

「知らないよ。おれだって初めてなんだ」

「お金がもらえると思う? もらったお金で何する? ぼくは自転車が買いたいな。パパが許してくれると思うか?」

ムスタフは眠りに落ちた。

夜、毛むくじゃらの男がカミソリの刃を手に、気が狂ったように笑いながらぼくに近づくのを見た。殺人者の手がぼくの首に置かれたとき、その締めつける手から逃れるために最後の力をふりしぼりながら飛び起きた。ぼくはガバっと身を起こして目を覚ました。母がそこにおり、ぼくのベッドの前に立って微笑んでいた。ぼくを起こしに来たのだ。

土曜日朝七時。もっとも長い一日。

これまで支払った代価にもかかわらず、裏切り者扱いされるとは！

母は、うちのたらいでぼくらを風呂に入らせ、それぞれに白いパンツと、くるぶしまでの長さもある純潔に輝くガンドゥーラ〔マグレブ地方の袖なしで丈の長いチュニック〕を渡した。首の周りには、複数の結び目のついた緑色のスカーフが巻かれた。

朝九時。ぼくらは準備ができており、タハル〔割礼施術師〕が来るのを待つ間、不安におびえ、取り乱した状態で家の界隈を歩き、徘徊した。客たちが到着し、ぼくらにキスし、ぼくらを勇気づけるために親愛をこめて頭を軽く叩いた。色とりどりに輝く丈の長いビヌワールに身を包み、首、手首、お腹の周り、指に金のアクセサリーをこれ見よがしに身につけ、女たちが気取って庭を歩いていた。

タハルの到着が知らされると、ぼくの血は巡るのをやめた。それは、「メイド・イン・ヴィルユルバンヌの蚤市」の茶色い背広を着て、古い緑色のカーテンを切って作ったネクタイをした、背が高く、口髭をたくわえたヨーロッパ人風の男だった。この男はかばんを手にしていた。父は男を迎えると、広間に案内した。そこにはマットレスが床に置かれており、その上には刺繍を施したカバーのついた巨大な枕が二つ並べられていた。

タハルはぼくらを呼んだ。気持ちを静める言葉を述べた後、彼はぼくらのガンドゥーラをへそまでまくり上げ、ぼくらのパンツにキスし、ぼくらの肉の先を触った。

「大丈夫だ！」タハルは唇に微笑を浮かべて言った。「お前の名前は？」

「アズーズです」

「アズーズ、お前はお兄ちゃんだ」

お昼には、招待客たちは大量のクスクス、もっとも種類の多い野菜が入ったソース、羊の肉のかたまり、西瓜、なつめやしの実、セモリナ粉の菓子、蜂蜜をたくさん食べた。

二時。タハルは席を立ち、施術がおこなわれる部屋に入った。数人の男たちがぼくらを従えて後に続いた。女たちはすでにそこにいた。部屋の隅に身を寄せて、彼女たちは歌い、ベンディールを叩き、声を限りに叫んでいた。二脚の椅子が窓のそばに置かれていた。タハルが道具と薬品を準備し、ぼくのそばに立っている男たちにサインを送ると、母が泣き出した。

すると、四人の男たちがぼくを掴んだ。瞬く間に、ぼくは絞首台に掲げられ、手足を押さえつけられていた。お決まりの涙がぼくの目から滝のように流れ、母がぼくの髪と額に投げかけたオー・ド・コロンヌがぼくの痛みをかき立てた。招待客たちはぼくに近づき、励ましの言葉をぼくに聞こえるように叫びながら、ぼくの緑色のスカーフの結び目にお札をこっそり滑り込ませた。

タハルはぼくの性器を指でつまむと、ばら色の亀頭を露わにした。この作業を見ると、痛みがぼくを満たし、ぼくは激しく泣いた。それから、タハルは親指で亀頭を後ろ側に押しながら、余分な皮全体を前に引っぱった。ぼくはわめいたが、ぼくの苦痛の叫び声は女たちの歌とユーユー〔マグレブの女性が喜びや怒りを表現するためにあげる鋭い叫び声〕にかき消された。

「おれの息子は一人前の男だ。泣くんじゃない」父がぼくに繰り返し言った。

すると、片膝をついた背広の男は武器を取り出した。それは、細くすらりとし、輝くクロムめっきしたはさみだった。この悪夢にも似た光景に、ぼくの体全体が硬直し、ぼくの足の筋肉は膨張し、ぼくの目は眼孔から逃げようとしていた。

「父《アブエ》さん、やめろって言って！　アブエ、いやだ！　やめて！　やめて！　いやだ……」

「それでいいのだ、息子よ、お前は泣かないのだ！」父はまだ叫び続けていた。

死刑執行人たちの締めつける手から逃れようと、ぼくは動き回るために身を起こそうとした。足を曲げ、彼らがぼくを放すよう乱暴に伸ばした。しかし、それは無駄だった。

お互いにくっついて、汗を流している女たちの群の中に、ぼくは母を認めた。母は、暑さと苦痛をぬぐうためにハンカチを額と目にあてていた。

「母《エンマ》さん！　エンマ、切ってほしくないって言ってよ！　もういやだって言ってよ！　エンマ、お願いだから！」

母は思う存分泣くために顔を背けた。

ぼくは、ぼくの片足を押さえているブーシャウィに唾を吐きかけた。ブーシャウィは微笑んだ。

ぼくはみんなを罵倒し、呪った。しかし、それも無駄だった。

タハルはぼくに意地の悪い視線を投げかけてから、言った。

「もう動くのをやめろ。さもないと、全部切ってしまうぞ」

ぼくは静まった。

はさみの二枚の刃がぼくの先っぽを挟み、すると穴の空いたダムのように血がほとばしった。ぼくが苦痛に身を任せている間、タハルは皮をはがされたぼくの先っぽに粉末の止血剤をふりかけていた。それから、彼はぼくを腕に抱き、マットレスの上に置いた。それから後のことについては、ぼくには記憶がない。母と何人かの年老いた女たちが古い儀式の歌を歌いながら土手へ行き、ぼくの肉の切れ端をクスクスの粒と一緒に土に埋めた。ぼくの肉は今でもそこにある。

どんなパンツもはくことができずに、残りの先っぽが外れるのではないかという恐れからおしっこができずに過ごした十日間。こすれるのを防ぐために体を左右に振りながら歩いた十日間。いいや、いとこのムーサウィよ、ぼくはアラブ人の免状をもらった。そのための努力をしたのだ。

よきムスリムになることによって、ぼくは自分の一部を失ったが、赤い自転車を手に入れた。父は、この乗り物が抱かせる本能的な恐怖と近くの環状道路のせいで長い間拒んでいた。仕事に行くとき、父はこの道路を原付自転車で通るので、どんな危険が待ち構えているか知っていたのだ。

「このお金はぼくのものだ！」ぼくは割礼のときに手に入れたお札を示して言った。「ほしいものを何でも買っていいって言ったじゃないか。ぼくは自転車が買いたいんだ！」

「それじゃあ、お前の祭りのために使ったお金を返してくれ。そうしたら、客がくれたお金をお前にやろう！」

こうして父は、いつか自転車に乗りたいという希望をぼくから失わせたのだった。

ところが、しばらくしてから仕事から帰ってくるときに父は、原付自転車の後ろの泥よけに縛りつけて赤い自転車を持って帰ってきたのだ。ぼくは十五分間も父にキスし、土手から先には決して乗って行かないこと、父を喜ばせるために学校でさらにたくさん勉強することを約束した。

この最後の言葉に父は答えた。

「ああ、そりゃ違う、息子よ。お前が学校で勉強するのはお前自身のためで、おれのためじゃない。お前は自分の人生を準備してるんだ。おれのじゃない」

ぼくはそれでも赤い自転車をもらい、心配そうな父の目の前で試しに一周してみた。

「見てよ！　ぼくが乗れるってわかったでしょ」

「ああ、ああ、わかったよ。でも、もうしまいな。そうしないと、壊しちまうぞ」

「いやだ、まだだよ、アブエ、まだだよ。見て。ぼくはここにいるよ。遠くには行かないよ」

「しまえと言っただろ。何度も言わせるな……」

ぼくは言われた通りにしたが、不満を示すためにどちらかというとゆっくりしまった。父はすでにぼくをいらいらさせ始めていた。

思い通りに自転車に乗れないまま、数週間が過ぎた。家長がいない間はぼくが自転車を出すことを禁じるよう、母は強く言いつけられていたのだ。そのため、ラバフがヴォー・アン・ヴラン〔シャアバのあるヴィルユルバンヌの隣町〕に兎に食べさせるウマゴヤシを取りに行こうと言ってきた最初の機会に、ぼくは母がボンバに出かけるのを見はからって自分の自転車をこっそり出したのだ。

ぼくらは六人で、国道である大通りを競争しながら走った。ぼくらは、スピードやアスファルトや追い越していく大きな車や過ぎていく風景に酔いしれて、距離も時間も気にしなかった。他の何も気にせず、ブージードのことですら気にしなかった。祭り《ヴォーグ》を見物するために、帰り道はヴィルユルバンヌを通った。それから、娼婦たちを見に行った。とても充実した一日だった。

ぼくらがシャアバへ帰ったときには、すでに日が暮れていた。暗闇の中でブージードが手を背中の後ろで握って待っていた。顔の表情を見ることはできなかった。すこし離れたところで男たちと女たちも待っていた。ぼくはその中に母がいるのを認めた。母は恐れおののいている様子だった。

ぼくは足がすくみ、父が近づいてきたとき、げんこつから守るために頭を両手で覆ったが、げんこつは降ってこなかった。ただ、命令が下った。

「お前の自転車《フィル》をよこせ！」

事情を理解しようともせず、大過なく切り抜けたことにあまりに満足して、ぼくは自転車から降り、あせって父に渡した。それでも、警戒していた。

すると、父は他の者たちの方に向き直った。

「お前も降りろ。お前も。お前も。お前も」

それから、ラバフに言った。

「それからお前もだ！　みんなと同じように降りるんだ。さもなければ、おれが降ろしてやる！」

この子《ゴーン》はいつも通りのひきつった笑い、自尊心を示すのに浮かべるあの笑いを浮かべて引き下がらなかったに違いない。父が頬に食わせた恐ろしいげんこつをかわす時間はなかった。作り笑いは消えた。ラバフの母親と父親は無言のままだった。

それから、ブージードはいぶかしがるぼくらの目の前ですべての自転車を奪うと、シャアバの広場の真ん中に積み上げ、用意してあったハンマーをつかみ、頭の上に持ち上げ、落ち着いた確かな動きで何度も振り下ろした……。ぼくらの色とりどりの自転車《フィル》が思い出の中にしか残らなくなるまで。

ぼくの自転車は下の方にあったので、何か残っているのではないかと期待していた。災禍を確認するとぼくは、軽蔑の言葉を吐き出さないために歯を食いしばった。ぼくは無駄に自分の肉の一部を手放したのだ。

シャアバに自転車がなくなってからというもの、学校がない日にはぼくは家の周りにいた。父はもう、ぼくらが市場へ行くことも、ローヌ川河岸へ行くことも、大通りへ行くことも望まなかった。この前のぼくらの遠出に懲《こ》りごりだったのだ。母はますますぼくに文句を言うようになり、彼女の悪い血《ムフイサ》の値は定期的に上がっていった。この日の朝、母は緑色のたらいで風呂に入ることにした。お湯はずっと前からガス台の上で沸騰している。

エンマはビヌワールを脱ぎ、たらいの真ん中にたっぷりした体を落ち着ける。小さな鍋にひざまずく、まるまる太った新生児のようだった。ゾフラがシャンプーを泡立たせるために、髪にぬるいお湯をかけ始めた。水が床のリノリウムの上にこぼれた。

「もっとゆっくり！　わたしを溺れさせちまうよ！」　エンマはいらだった。

ゾフラは面白がり、少々皮肉な様子でぼくの方を向いた。

母は抗議した。

「面白い？」

それから、ぼくに向かって言った。

「で、お前は？　何見てんだい？　外へ行きな！」

こうなることだろうと思っていた。ツケを払うのはいつもぼくなのだ。家にいれば外へ行けと言われ、外にいれば帰れと言われる。

ハッセンが窓の前を通った。そして、ぼくに来るよう合図した。

「何してるんだ？」

「何も。外に出ようとしてたところ」

「ローヌ川に釣りに行かないか？」

「お前どうかしてるんじゃないか？　親父がぼくの喉を切って殺したらいいと思ってるのか！」

「お前、怖いのか？」

「もちろん、怖いとも！　ぼくの尻についた跡を見てみろ。この前ぼくらがローヌ川に行ったときに、親父がぼくらを探しに来たからだよ」

ハッセンはぼくが躊躇しているのを理解した。そこで、提案した。

「だったら、小屋に行こうよ。よかったら、長居しないことにしてさ……」

ぼくらはルイーズの家の方へ数歩進んだ。二人の子供が立て看板に石を投げていた。立て看板には「土手。ゴミ捨て禁止。不法投棄した者には罰金を科す」と書かれていた。石の一つが的に当たり、ゴングのように鳴った。

それから少し先では、サイーダが乳母車に乗った弟を連れて散歩していた。彼女は、先週ゴミ回収トラックが捨てていったゴミの中から拾った高いヒールの靴をはき、貴婦人のように歩いていた。ハッセンが彼女のスカートをめくって呼びかけた。

「ばか！　やめないとあんたの母さんに全部話してやるからね！」

「ああ！　こいつは何てとんまなんだ！　楽しむこともできないじゃないか」

それから、ぼくに向かって言った。

「来いよ、小屋に行こうぜ」

サイーダが言った。

「あんたたち、小屋に行くの？　私も行っていい？」

「来たければ来いよ」ハッセンが答えた。「おれたちが狩りに出かける間に、掃除すればいいさ」

「わかった！　待ってて」

男の子とたちに合流するという考えに興奮したサイーダは、弟を連れていくために家へ走って帰るとすぐに戻ってきた。途中で、ハッセンは何度も彼女の尻に手をやったが、彼女はしだいに拒否しなくなっていた。ナラの隠れたくぼみに小屋はまだあった。サイーダは枝で適当にほうきを作り、小屋の中の掃除を始めた。しばらくすると、彼女は掃除をやめて、ぼくの前に来て正座した。

ぼくは彼女に訊いた。

「どうする？」

「トトの笑い話でもするか？」ハッセンが提案した。「おれ、一つ知ってるぜ！　トトとツネッテが船にいた。トトは水に落ちた。誰が残った？」

「つねって！」答えを見つけたことに嬉々として、サイーダが叫んだ。

ぼくは彼女の尻をつねった。

「大ばか！」

ぼくらは噴き出した。彼女は腹を立てた。

「もう行くわ……」

ぼくは彼女のワンピースをつかんで引き留めた。

「待ってよ。見てみろ。皮を切ったゼナナを見たことがあるか？　ぼくの、見たい？」

「いやだ。汚い！」

「汚くないよ。もう何も見えないよ。治ったんだ」

ファスナーを開けると、ぼくはモノを取り出し、あらゆる角度から見せた。サイーダは興味を持っているようだった。

「汚くないだろう！」

「まあね」

「大人がするようにするってのはどう？」

彼女が恐怖に赤くなった一方で、ハッセンは最初驚いていたが、あおり始めた。

「いいね！　大人みたいにやろう！」

「わかった。でも、お母さんに見られたら？」

ぼくは彼女を安心させた。

「お母さんはここにはいないよ。それに、誰にも何も言わないよ。パンツを脱げよ！」

少しの間ためらったのち、彼女は言われた通りにした。

「それじゃあ、これからどうするの？」彼女が言った。

ぼくはゼナナを指につかんで、彼女に近づいた。すると、サイーダは尻を地べたについて座り、足を開き、恥部をぼくに見せた。ぼくは彼女の金床に自分の金槌を優しく置き、この奇妙な態勢で何かが起こるのを待った。何が？　まったく考えが及ばなかった。

「それで！　何をすればいいの？」彼女が訊いた。

「何も」ぼくは答えた。「ぼくらはやるんだ。それだけだよ！」

おとなしくレッスンに立ち会った後で、ハッセンが介入してきた。

「ぼくもやりたい！」

彼も自分のものを取り出し、ぼくの真似をした。

「あたしたちの親はこういう風にしてるのかな？」サイーダが訊いた。

誰も答えなかった。

しばらくしてから、自分もやったことに満足して、ハッセンは神妙な顔でズボンを引き上げた。

突然、非常にはっきりした声が森の木々の幹の間で響いた。シャアバからだった。

「サイーダ！　サイーダ！」

サイーダはすぐに叫んだ。

「お母さんだ！」

彼女はパンツをはき、ワンピースを整え、もう一度最後に懇願した。

「何も言わないよね!?」

「うんうん、心配するなよ……」ぼくはハッセンと声を合わせるように言った。

彼女は木々の向こうに消えた。

翌日、シャアバの子供《ゴーン》たちは全員、サイーダがやられたと知っていた。


シャアバへと向かう二台のプジョー404と警察の護送車とすれ違ったとき、ぼくらは学校へ向かう道を歩いているところだった。

「おれたちのところへ行くんだ！」ラバフが叫んだ。

ぼくらは、道路にあいた穴のせいで徐行する車の後を追って走り、家へ戻った。

車は確かにシャアバの盛り土された台地に停まり、制服の男たちが門の前へと駆け寄った。そして、そのうちのおそらく警部であろうと思われる者の一人が尋問を始めた。

「ここの責任者は誰ですか？」

ハッセンがぼくに近づいた。

「娼婦たちの話で来たんだよ。絶対そうだ」

「そうは思わないな！」

「フロントガラスをぼくらが割った客の一人が、ぼくらを告発したのかもしれないよ」

「もしかすると、お前は正しいかもな」

「フランス語が話せる者はここにいないのか？」警部が門の向こうから叫んだ。

そして、彼が三人の警察官に指で合図を送ると、彼らは詮索するような目でシャアバを見回した。警部は、親しげとは程遠い視線をぼくらに投げかけた。

ぼくの母を含めた二人の女が門の前に現れた。羞恥心から、彼女たちは浴用タオルで頭を覆っていた。

警部がこの訪問の目的を話した。

「ここには違法の屠殺所があります。それはどこですか？」

女たちは黙っていた。そして、言葉がわからないということを示すために開いた手を空の方へ伸ばした。

「羊……、肉屋……、ギャ……、ギャ……」警部は動物の喉に包丁を入れる様子を身振りで示しながら言った。

母は今度は理解した。

「シリマセン。るーみーハナセマセン。ワカリマセン……」

警部は母が繰り返す「ワカリマセン！　ワカリマセン！」にいらだち、しびれを切らした。

「お前たちは全員同じだ。警察の前だと絶対にフランス語がわからなくなるんだからな」

そして、同僚の方を向いて言った。

「フランス語が話せないってことで得するわけだ。それ、始めるぞ。そこの二人は向こうだ。君はこっちだ。他の者は私について来い」

警察官たちはぼくらの家に入り、隅から隅まで捜索した。何も見つからなかった。羊の血の匂いも鼻に入ってこなかった。いかなる羊毛の切れ端にも触れられなかった。彼らはぼくらを頭から足まで眺めながら外へ出た。門のところまで来ると、警部はもう一度容疑者たちを見た……。ぼくの体に震えが走った。警部は微笑み、三歩進んでぼくの前に来ると、ぼくの目を凝視した。

「坊や、君は学校へ行ってるのか？」

「はい」

「どこの学校に行ってるんだ？」

「レオ・ラグランジュ小学校です」

「レオ・ラグランジュ小学校でちゃんと勉強してるか？」

「はい。最近はクラスで一番の方です。前は……」

警部がぼくを遮った。

「それはいいことだ。学校では勉強しないといけないよ。もし望むなら、いつか君も警部になれるよ。でも、法律を守らせなければいけない。君にそれができるかね?」

「もちろんです。学校では道徳について勉強しています」

「ほう? それなら、君は偉大な警部になれるな。ところで、ここではどこで羊の喉を切って殺しているのか、君は言えるかい?」

「はい。どこか知っています。ぼくの叔父が肉屋の役をしています。叔父は庭の奥にある小屋の後ろで羊を殺します。あそこに林檎の木が見えますね! そのすぐ向こうです」

「前を歩いて、あそこにどうやってたどり着けるのか見せてくれ、未来の警部殿」

驚愕するシャアバの女たちの目の前で、ぼくは秩序と司法の代表者たちを乾いた血の池まで案内した。上には、叔父が解体するときに動物を引っかける鉤がぶら下がっていた。ところどころに加工されるのを待っている、まだ新鮮な羊の皮が投げられていた。ひどい臭いを放っており、警部はそれに耐えられなかった。

二人の警察官がこれらの道具に近づいた。そのうちの一人がカメラをケースから出し、作業場をあらゆる角度から写真に収めた。ぼくにはもう何も理解できなかった。

「よし、もう行くぞ」警部が命令した。

この場面を見ていた女たちの前を通ったときに、警部はぼくの母に急いでいくつかの言葉が雑に書かれている紙を渡した。

「これを家の持ち主に渡してください。ヴィルユルバンヌ警察署への出頭命令書です。今夜六時までです。わかりましたか？」

母は今度もやはりフランス語がわからないでいた。彼女は脅されて、降参しているかのように腕を挙げた。すると、警部はぼくの方を向いた。

「君は読めるね？」

「はい」

「家の持ち主にこの紙に書いてあることを読むんだ」

「それはぼくの父です」

「それじゃあ、今夜六時までに肉屋の叔父さんと一緒にヴィルユルバンヌの警察署に来るよう言うんだ。きみはお兄ちゃんだ」

警部はぼくにウインクした。

「はい、警部殿。父に言います」

制服の男たちは車に乗り、大通りの方へ消えていった。彼らの姿が見えなくなるやいなや、ジドゥマが牙をむいてぼくに襲いかかった。

「ばか者め、黙ってられなかったの？　わざとやったんでしょ？　わざとやったって白状しな！」

彼女はぼくの頭を揺さぶりながらぼくの髪を引っぱった。ぼくは何か深刻なことをしでかしたらしい。母が介入した。

「あたしの息子を放っておけないかね？　この子に触るのは禁止だよ。こうなったのはこの子のせいじゃないよ。この子に悪意がないことはわかってるだろ。そもそも、あんたたちにはいい気味だよ。あたしたちのところで違法なことをやっていて、明日の新聞であたしたちのことが話題になる上に、あたしの息子をぶちたいのかね！　そんなのまっぴらだね……」

「あんたは嫉妬してるんだろ」ジドゥマが言った。「あたしの旦那は肉屋稼業のおかげであんたたちよりも稼ぎがいいからね」

「あたしはあんたとはもう話したくないね。男たちが今夜問題を解決するだろうよ」母がぼくを家に入らせるためにぼくの背中を押しながら答えた。

警部はぼくにまんまと一杯食わせたのだ。


父が家に入ってきたとき、ぼくは床に横になって、読書に耽っていた。明らかに動揺している母は父のことを見ずに、かばんから父の昼食を入れるブリキの弁当箱を出して、それをたらいの中に流しに行った。

父はドアのノブに上着を引っかけてから座ったが、立ち上がって、ポケットの中に手をつっこんだ。そして、ぼくの方に進むと、口元にいかなる感情も表さないまま飴の箱を差し出した。

「ほら、やるよ。これはお前のだ」

ぼくが贈り物を受け取ると、父はすぐに元の場所に戻った。ぼくが立って頬にキスしに行くと、やっと父は微笑んだ。

「食いしん坊。兄弟と分けるんだぞ」

母が視線をそむけたまま戻ってきた。

「コーヒーをくれ」

「ええ。用意します」

すると、ゾフラが叫んだ。

「大丈夫、エンマ。今、用意してるところだから」

母は台所の方へ三歩進み、ためらったが、振り返って重々しく事のしだいを知らせた。

「警察《ラ・プリシア》が今日の午後ここへ来たんだよ」

「何の話だ？　警察《ラ・プリシア》だと？　警察《ラ・プリシア》がここへ何しに来たんだ？　おれの家にか？」

母は雪崩のような質問を前に黙っていた。ゾフラは父の方を見ながらコーヒーを鍋の中で混ぜるのをやめ、ぼくは読むのをやめた。

「さあ、女よ、話せ！　アッラーによってどんな不幸がわれわれにやって来たのだ？」

「サイードの羊のせいだよ……。あの人の羊のせいで来たんだよ。やつらはどこで羊が喉を切って殺されているのか知りたがってた。アズーズがその場所を見せたのさ」

父の目から異様な光がほとばしった。そして、父は叫んだ。

「何の報いも受けずに悪魔に立ち向かうことはできない。あの男は魔物だ。おれの家で動物を殺させて放っておくんじゃなかった。結局のところ、おれは当然の報いを受けたまでだ。おれ一人にこうなったことの責任がある。これからやつに自分の羊を食らわせてやる！」

大声で誓いながら、父は外に出ようと立ち上がった。そこで母が決定打を与えた。

「今夜、あの人と一緒に警察署《クッサリア》に行かないとならないよ」

「何だと？　警察《ラ・プリシア》に話したことなど一度もないおれが警察署《クッサリア》に行くだと……。やつらは犬のようにおれたちを今すぐここからツイホーするだろうよ。ああ、災いの元の弟よ！　どうしてエル・ウーリシヤにお前を見捨てて来なかったのだろう？」

母は恐怖に震えて台所にこもっていた。

「スプーンでかき回すのをやめなさい」母はゾフラに言った。「コーヒーが溢れてるのが見えないの？　あたしたちはもう充分災いに見舞われてるっていうのに」

激しい憎しみにとらわれたブージードは、ぼくらに降りかかった災いの代価を弟に支払わせようと心に強く決めて家から出ていった。ぼくは父について行った。

「あの魔物はどこだ？　あの犬はどこに隠れてやがる？」父は彼らの住む小屋のドアを足で押してジドゥマに叫んだ。

「庭だよ！」抵抗のしるしに頭をもたげてジドゥマが答えた。

サイードはそこの作業場におり、警察官が見つけた羊の残りを急いで解体していた。おそらく警察署に出頭する前に、売ってしまおうと思っていたのだろう。

「卑怯者！　お前のせいで今じゃ警察《ラ・ブリシア》がおれの家に来たんだ！　お前はおれにこんな仕打ちをするほど誇りも恥もないのか！　お前は呪われている。アッラーが恥ずべき行為の代価をお前に支払わせるだろうよ」

父は乱暴に肉の塊を全部つかみ、地面の泥の中に投げ捨て、まるで弟が靴の下にいるかのように踏みつけた。

「これからはおれに何も期待するなよ。お前にはうんざりだ。失せろ！　失せろ！　家族と家具と小屋を持って出ていけ……。おれの視界から失せろ」作業場を壊し始めながら、父は吐き捨てた。

サイードは唾を飲み込みながら、目を覆った。どのような力が兄に手を上げるのを阻んだのだろうか？　不可能だった。想像もできなかった。たとえ自分のもっとも奥底まで汚《けが》されたとしても、シャアバの頭《かしら》に手を上げることはできなかったのだ。

ブージードは地面に乾かしてあった羊の皮につまずきながら、庭から出た。そして、羊の皮に凄まじい足蹴りを食わせた。すると、皮は靴の周りに巻きついた。

「おい、お前、家に帰れ！　ここで何をしてるんだ？」父はぼくに叫んだ。

ジドゥマはボンバの前で待っていた。父が飛び出してくるのを見ると、口は垂れ下がり、鼻は反り返り、目に憎しみがあふれた彼女は人生で初めて彼をまじまじと見た。

そして、彼女は勇気を出して言った。

「あんたは一体誰なの？　アッラーその人なの？　あたしたちはあんたの奴隷じゃないんだ。あんたは一人の人間に過ぎない。とは言ってもね……。あんたがあたしの旦那にしたことは、人間なら絶対にしないよ。アンマリダ、アンマリダ。あんたはいつでもあたしたちに反対した……。まるでうちの旦那に嫉妬してるみたいだよ。あんたの息子のせいで警察《ラ・プリシア》が全部見つけたんだから、ぶたなきゃいけないのはあの子だろ……」

「家に帰れ、女！　この問題はお前には関係ない！」

「いいや、家に帰らないよ。あたしは自由だからね」

「お前の穴蔵に帰れと言っただろ。言うことを聞かないんだったら、おれが帰らせてやる！」

「いやだと言っただろ。あたしをぶてばいいさ！　ほら！　ぶってみろ！」

この言葉を合図に父は遠慮なく彼女に飛びかかり、小屋へ引きずって行こうと髪をつかんだ。

叫び声と子供たちの泣き声に驚いた隣人たちが外に出てきた。三人の男たちが父を取り囲んだ。

「この汚い女は男になりたいんだ。こいつの言うことを聞いてみろ。おれを罵ってるんだぞ。放してくれ。こいつの喉を切ってやる。こいつの血を飲んでやる」

悪魔に取り憑かれたジドゥマはますます激しく悪態をつき、呪い、ぼくらを火刑台の上で生きたまま焼いた。

数分たった後、みなは喧嘩の当事者を引き離し、ようやく彼らをそれぞれの小屋に閉じ込めることができた。男たちは父のもとに留まった。ぼくの母と姉妹は泣いており、ぼくもどうしたらよいかわからないまま泣いていた。


「これを読め、早く！」

「でもフランス語で読んだら、お父さん、何もわからないでしょ」ゾフラが言い、ぼくらについて書かれた地方新聞の記事の大筋をアラビア語に訳すことを提案した。

「お前よりもおれの方がフランス語がよくわかるぞ。お前はおれを間抜けだとでも思ってるのか？　全部読めと言ってるだろ。一語一句だぞ。とにかく何も忘れるな！」

ゾフラは言われた通りにした。彼女は父が何も理解できないことをよく知っていた。

「《火曜日の午後におこなわれたヴィルユルバンヌのビドンヴィルの捜査の際、ヴィルユルバンヌ警察署の警察官は北アフリカ人による大規模な肉の密売を発見した。そこではひどい衛生状況のもとで羊が喉を切られて屠殺、解体され、規定の検査がなされないままの状態でマグレブ人の客、特にローラン＝ボンヌヴェー大通り沿いの小屋に住む人々に売られていた》《警察官の鋭い洞察力と長期にわたる捜査活動によって、この不法行為に終止符を打つことができた。ブージード・……とサイード・……には厳しい罰金が科された》」

「おれのことを言ってるのか？」

「そうだと思う」

「続けろ！」

「これで終わりだよ」

「それは確かか？」

「うん、見てよ。ここ、この行の終わりまでもう読んだよ」

ゾフラは、震える指で記事の終わりを指し示した。彼女が読みあげている間、父は言葉をしっかり記憶しようと耳を読み手の方へ向けてその正面に陣取っていた。

「それで、これは何だ？」父は別の記事を指して訊いた。

「これは別の記事だよ。この記事はあたしたちのことは言ってないよ……。記事はここで終わりだよ！」

「お前の言うことは信じられん！　もっと読め！」

「でも、何の役にも立たないよ。これはスポーツの記事だよ！」

「スポーツ《ズブール》だと？　お前はおれをばかにしてるのか？　読めと言っただろ！」

「《オリンピック・リヨン対マルセイユ戦、三対一、必然的勝利》」ゾフラは泣きながら続けた。

「お前、泣いてるのか？　何かおれに隠してるな」

最初から聞いていたムスタフが口を挟んだ。

「アブエ、ゾフラの言う通りだよ。記事は終わっている。その後はサッカーの話題だよ」

「サッカー《ル・バルー》だと？　今日はもういい」父があきらめた。

この試練に疲れ切ったゾフラは、台所に引っ込んでしまった。

「女たちには何も頼めんな。何でもないことで泣くんだから。お前たちは全員おれに反対して団結してるんじゃないか？」ブージードが食い下がった。

そして、ムスタフの方を向いて言った。

「この新聞に書いてあることを訳せ！」

ムスタフは、やっとのことで重要な言葉を訳した。

「〈びどぅふぃる〉……？　〈びどぅふぃる〉って何だ？」

「ここのことだよ、シャアバだよ、アブエ！」

「どうしておれたちのことを〈びどぅふぃる〉って呼んでるんだ？」

「おれ、知らないよ……」

兄は明らかに父の質問に唖然としていた。そして、新聞を二つに折ると、テーブルの上に置いて部屋から出た。ブージードは新聞を手に取り、開いてページをめくり、記事が見つかると、冷笑しながら見つめた。

「〈びどぅふぃる〉……、密売……、羊。おれ様、ブージードのことを新聞で話しているんだ。これでフランス人は全員おれのことを知るだろう。何たる恥だ！　ラ・ブリシアがおれを監視するだろう。やつらのやり方なら知ってる。やつらは、おれたちをツイホーするまで邪魔するだろう。《ジブンノクニヘカエレ》とある日言うだろう。フランス人のことならおれは知っているんだ。すべてはあいつのせいだ！　アッラーのみがあいつを罰してくださることだろう」

そして、ぼくらといとこたちの小屋を隔てる壁の方へ目をやった。

「その上、あいつの汚い年寄り女がおれに手を上げようっていうんだからな！　やつらが呪われんことを！」

　誰かがドアを叩いた。

「入れ、ブーシャウィ、入れ！　おれとコーヒーを飲んでいけ。新聞は読んだか？　おれたちはおしまいだ。そう思わないか？」

　ブーシャウィは深刻な様子で父の隣に座り、コーヒーを飲んだ。

「この新聞の中におれたちのことが書かれてるのか？」

「ああ、見てみろ！　シャアバやおれのことが書かれてる。おれの名前だぞ！　やつらはおれの名前を紙に書いたんだ。おれの人生最大のスキャンダルだ」

「これはおれたち全員にとっての恥だよ、ブージード、お前だけじゃない。見てくれ、仕事から帰る途中で警察に呼び止められたんだ、このおれがだ。身分証の確認さ。おれは証明書を見せた。やつらはおれのことを笑って、ビコ〔アラブ人の蔑称〕扱いした。今じゃあ毎日この調子さ。嫌なものさ！　おれの子供たちは学校で何もしない。家内は自分の運命を嘆いている。おれはといえば、何もできない。働いて、いつも働いて……。わかるか、ブージード、すべてうまくいってるわけさ！」

　夫が帰ってきてから近寄らずにいた母が、ついにブーシャウィに挨拶しに来た。

「さあ、二人とも食事だよ！」母は言った。

「いや、結構だよ。おれは家に帰る」

「さあ、さあ、ここにいるんだから、食べていけよ」ブージードが食い下がった。「おれたちと夕食を一緒に食べろよ。どうせ大したものはないんだから」

二人の男たちは夕食の後も長い間、シャアバの灯りがすべて消えるまで自分たちの苦しみを語り合った。


数カ月が経った。これまでシャアバは、ベッセンで戦いが起ころうと、部族間に争いが発生しようと、娼婦が来ようと生き延びてきたが、非合法な肉屋のスキャンダルは致命的なものだった。それに、ジドゥマは明らかにやりすぎだった。彼女は本来壊せないはずのものを壊してしまったのだ。

自分のグループの友人たちの間では、彼女は勇気を奮い起こした者になった。勇気を奮い起こした、というだけで十分だった。彼女は例の一件以来、シャアバの主人の権威に刃向かうという思わぬ幸運をずっと待っていた女たちに勇気づけられ、強くなったように感じていた。ジドゥマは勝利したのであり、ビドンヴィルの半分の者は彼女の家来となり、みなは彼女に従い、彼女の決定に賛成した。

母は耐え忍んだ。

サイードはシャアバで羊の喉を切るのをやめたが、それでも骨付きロース肉やステーキ肉を原付自転車で配達し続けた。サイードはもはやブージードにはほとんど会わず、ブージードより後に家へ帰るようにしていた。しかし、ブージードを恨むことはしなかった。いいや。憎しみは消えたが、無関心に取って代わられたのだ。それはシャアバの魂を巣くう恐るべき無関心だった。


早朝、容赦ない日の出の明かりのせいでぼくの目がやっとのことで開こうとしているとき、ぼくは突如として大変な大騒ぎが起こっていることに気づいた。ブーシャウィ家が全員ポンプの前に集まっていた。スーツケースと不器用に紐でしばられた段ボール箱が庭の真ん中に置かれていた。子供たちは日曜日の晴れ着を着ていた。もしかすると、安息日だからかもしれないが、それはこの家族の習わしではなかった……。

ブーシャウィ氏はトイレの小屋の脇に建っている自分の小屋と荷物が置いてある場所の間を行ったり来たりしていた。彼の周りでは、数人の男たちと女たちが話していた。ブーシャウィがこのように小屋を空けることになるほどまでのいかなることが昨夜起こったのかを知るために、ぼくは彼らに近づいた。でも、もしかすると彼は自分の家をきれいに掃除しようとしているだけなのではないだろうか？　もしかすると絨毯を敷くことに決めたのでは？

「ほら、これで終わりだ。結局おれは大したものを持って行かないよ。タクシーでもう一度戻ってくる必要はないさ」ブーシャウィはブージードに言った。

ブーシャウィ家はここから立ち去るのだ。シャアバから出て行き、リヨンの建物に住みに行く。

二人の男はスーツケースと段ボール箱を門まで運んだ。

「もし何か忘れたとしても、なくなってしまうことはないさ」父は心の痛みを抑えながら、安心させるために言った。

「いつかおれが戻ってくるかどうかは神のみがご存知だ。おれがここに残したものは、すべてあんたに譲りたい」

気前のよいブーシャウィは、所有するすべての家具をぼくらに譲ってくれた。衣魚《しみ》に食われた角の荒削りな古い洋服ダンス、素材の木よりも汚れと塗り重ねられたペンキの方が重いテーブル、柳が消えてベニヤ板に取って代わられたガタガタの椅子などだ。

「好きなようにしてくれ。できることなら売ってくれ」ブーシャウィはまるで自分の一部を譲るかのように提案した。

「わかってるだろ、おれはあんたのものなど必要ない。あんたが置いていった場所で朽ちることになるだろうよ……」

「それは違う、ブージード、おれはあんたに借りがある。あんたは何年もの間おれとおれの家族をここに迎えてくれた。あんたの社長のところで仕事を見つけてくれた。それなのに、おれはあんたに礼を言うために一ディナールだってあげたことがないんだ」

「何を言ってるんだ、ブーシャウィ？　あんたのお金でおれは何をすればいいんだ？」

「何もね。だからおれの家具をあげるんだよ！」

「あんたはロバの群と同じぐらい石頭だな。それなら、家具を置いていけばいい。どうしてもそうしたいならな！」

「タクシーが来たぞ！　タクシーが来たぞ！」ブーシャウィ家を乗せるためにタクシーが来ると聞いてから、しびれを切らして待っていた子供《ゴーン》たちが叫んだ。

ぼくらのうちの一家がこのような条件で移り住むのは初めてのことだった。

運転手は、荷物が置いてあるのが見える場所まで進んだ。

「タクシーを呼んだのはここですか？」

「ソノトーリデス！」父が答えた。

「荷物はこれですか？　運ぶのはこれだけですか？」

「ソーデス！　ミッツすーつけーすとフタツだんぼーるバコ。ソレダケデス！」

運転手は難色を示したが、ブーシャウィ家の財産をトランクに積んだ。

その間、ぼくはタクシーの中を覗いていた。なんて豪華なんだろう！　座席の下と脇には絨毯があり、座席はビロードで、室内用の香水が漂い、新しいもの、きれいなものの香りがした！　ブーシャウィ家がこの中に乗るなんて！

別れのキス。感傷。ぼくらはお互いに近況を知らせ合う約束をした。

ブーシャウィ夫人は三人の子供と一緒にタクシーの後部座席に吸い込まれ、地元民が着るスカートと取り替えようとしなかったビヌワールの中に足をしまい込んだ。ブーシャウィ氏は運転手の横に席を取り、座ったばかりの席の柔らかさに明らかに感動していた。

「どこへ行きますか？」運転手が訊いた。

「ランガール」ブーシャウィが答えた。

「それはどこですか？」

「ランガール・ビラシュ」

「ペラーシュ駅《ア・ラ・ガール・ペラーシュ》ですか？」運転手が顔をしかめて訊いた。

「そうだ。ランガール・ビラシュだ」窓の向こうからぼくらに手で合図しながら、ブーシャウィが答えた。

タクシーが発進した。そして、ブーシャウィ家をシャアバから遠くへ連れて行った。

「アッラーがあんたたちと共にあらんことを！」父が言った。

父は空っぽになった小屋へと戻った。母が父に続いた。そして言った。

「この小屋を誰かにあげるつもり？」

「いや。おれたちの人数は多すぎる。この小屋は今後空いたままになるだろうな。そもそも、壊してしまうつもりだ」

ブーシャウィ家の出発はぼくを考えさせ、後味の悪い思いを残した。ぼくは父に訊いた。

「アブエ、どうしてブーシャウィたちは出てったの？」

「アッラーが望まれたからさ。それだけだ」

「あの人たちはここに住むことに満足してなかったの？」

「出て行ったからには、そうだろうな」

「ずっと前から出て行くって言ってたの？」

「いや。今朝初めて知ったよ。ばかな質問でおれを悩ますのはやめてくれ。どこかへ行くんだ！」

シャアバに残った者たち全員にとって、日常生活は重苦しく味気ないものになった。まるで空が濃い灰色の毛布を自分の上にかけたかのように、雰囲気は重々しくなった。

出発。多くの者が想像し始めた。どこへ出発するのか？　それは重要ではなかった。

ブーシャウィの小屋はまだ壊されていなかった。頑固に他の小屋にくっついていたが、魂が抜けていた。見かけの美しさを出すために急いで張られた深紅色の壁紙は数週間ももたず、ときどき木曜日にやって来るぼくや他の数人の子供《ゴーン》たち以外の誰の邪魔をすることもなくなったすきま風が入るがままになっていた。

　昨日の午後、ローヌ川の岸の土手にいつものようにゴミ回収トラックがお宝を降ろしに来た。しかし、誰もトラックが来たことを知らせなかったし、トラックの脇にしがみつく者は誰もいなかった。ゴミの山に自分の場所を確保するために、トラックの通り道を走る者もいなかった。そもそも発掘したのは全部でぼくら六人だけで、広大な宝を前にして途方に暮れた。確保する必要もなく、喧嘩も起こらず、嫉妬が起こる場面もそこにはなかった。ただ掘るために掘るのはばかばかしかった。ぼくは突然汚物をかき混ぜるのをやめ、ゴミの奥に埋まっていると思われるすばらしい戦利品を見捨てた。そして、家へ帰った。

　母は枕カバーを縫っており、ゾフラは洗濯物にアイロンをかけていた。一人は台所に、もう一人はサロンにおり、彼女たちは話していた。

「出て行くつもりだってずっと前に言ってたよ」ゾフラが言った。

「あいつは喜んでるに違いないよ」母は、間違いなくジドゥマのことを言っていた。

「誰のこと？」興味を持ったぼくが訊いた。

「お前には関係ないよ。女同士の話だからね！」

「ぼくも知りたい。教えてよ。じゃなければ、パパに言うから！」

「パパに何を言うつもり？　まったく、ばかなことを言って！」

「全部言うよ！　何を言うかは教えない」

「お前はばかだよ。でも知りたいなら、ブーシャウィたちのことを話してたんだよ」

「じゃあ、どうしてもっと早く教えてくれなかったの？」

「もうやめなさい。放っておいて話させてちょうだい。外に遊びに行きなさい！」

そして、ゾフラはまた母に話しかけた。

「エンマ、ブーシャウィの奥さんは今、家に全部のものがあると思う？　水道とか？　電気とか？　トイレとか？」

「そんなこと、どうしてあたしにわかるんだい？　あたしゃ何も知らないよ」

「じゃあ、エル・ウーリシヤではどうだった？」

「あそこはここよりもひどかったよ。何だと思ってるの？　お前の父さんが楽しんでここに来たとでも思ってるの?」

母が自分の過去について語る一方、ゾフラは詳しいことが知りたくてうずうずし、母の話をたびたび遮った。ぼくは二人の会話を注意深く聞いていた。

「エンマ、わたしたちもここから出て行くのかな?」

「お前は質問しすぎだよ。それに洗濯物にアイロンがかかってないじゃないか。あたしたちが明日どこにいるのかは神様のみがご存知だ」

ゾフラは母がもう話したくないのだと、一人でいたいのだと理解した。

「ほら、急いで洗濯物をしまいなさい。あの人が着いたよ」

娘たちに話すとき、母は父のことをあの人と言うのだ。

数週間前からシャアバへ戻るとすぐに、あの人は家に閉じこもるようになった。こっちでサラーム・ウ・アリクム、あっちでサラーム・ウ・アリクム、それからおのおの自分の小屋で自分のことだけ考える。

母は、父を見るとますます怖れるようになった。父が椅子に座って動かないまま、黒いジュースを頼み、老人のように丹念に嗅ぎ煙草を指の間でこねるとき、外へ行って自然の空気を吸い、他の男たちと話しに行くよう叫びたいのを母は抑えていた。

母がこのような提案をしたとしたら、ブージードは彼女を殴らなかっただろう。いいや。父はきっと母に、シャアバが以前のような場所ではなくなったこと、かつてのように男たちが庭でコーヒーとラジオを囲んで集まることはもうないこと、今となっては他の者たちの視線を避けているること、彼らと分かち合うものは何もないことを説明しただろう。シャアバは変わってしまったのだ。いいや。あの人は母を殴らなかっただろう。もしかすると、単に答えなかったかもしれない。

でも、それは妄想なのだ。メサウーダは自分の夫にこのように話すことなんてできない。そして、あの人は絶対に自分の感情を露わになんてしないのだ。

シャアバは板の間の隙間からその魂を逃してしまった。最後に立ち去ったいとこたちの小屋は、今でもぼくらの家にくっついていた。でも、この小屋しかなかった。そして、それは空だった。

サイードやジドゥマやラバフやハッセン……が去ったとき、ぼくは二日間何も食べなかった。ぼくは泣かなかった。母とムスタフとゾフラと同じようにした。いとこたちが去っていくのを見て、彼らもおそらくぼくのようにお腹が痛かっただろう。しかし、誰も感情を表に出さなかった。どうせ肉の件以来、ラバフはぼくらを避けて、他の場所の小屋の子供《ゴーン》たちと木曜日を過ごしていた。何か奥深くにあったものがすでに舞台装置から消えていたのだ。だから、ぼくは泣かなかった。

独りぼっち。このとき以来、ぼくらはシャアバの残骸の中に見捨てられて、独りぼっちだった。

ルイーズはドアを叩くのさえ忘れて、ぼくらの家に入った。彼女は微笑みを浮かべて母に話しかけた。

「どう、ミス？　元気《ラベス》？　ラベスなの、それともラベスじゃないの？」

「ラベス、ラベス」台所で正座して、クスクスをかき混ぜている母が答えた。

ゾフラがアラビア語で大声で言った。

「またクスクスを食べに来たんだよ」

ルイーズは自分の前でアラビア語で話されたことに気をよくしなかった。数年前だったら、彼女はゾフラに平手打ちを食わせ、一週間彼女の家のおやつから締め出したことだろう。でも、今では彼女は何も言わなかった。あきらかに弱くなっていた。ポケットに手を突っ込むと、シガレットケースを取り出した。煙草を詰めるためにフィルターなしのゴロワーズの端を手の甲の上で四回叩き、目をじっと見つめながらゾフラに火を求めた。ガウリーヤ〔フランス人〕〔女性形〕は日中ぼくらが学校へ行っているとき、今となっては母の唯一の隣人で、好ましからざる人物となっていた。家に来すぎだったのだ。

母はフランス語をまったく話したことがなかった。いや、少しだけなら話した。一週間に二回シャアバに牛乳とバターを売りに来た牛乳屋とだけ。母は他の女たちと一緒にクラクションが鳴ると出て行き、子供たちに教わった言葉をフランス語で繰り返した。彼女はみんなを笑わせ、ぼくが注文を訳してやらなければならなかった牛乳屋さえ笑った。

「タマゴ《リ・ズー》をちょうだい」母は言った。

「エンマ、卵《レ・ズ》だよ！」ぼくはいつも直した。

「タマゴ《リ・ズー》。ああ！　それから、あたしが言いたいように言わせておくれ。あの人は理解できるんだから。気にしないで」彼女は答えた。

牛乳屋はいつも微笑んでいた。確かに、彼はシャアバのアラビア語を学んでいた。

今では牛乳屋もシャアバに配達に来なくなった。客がいないからだ。母はフランス語を忘れてしまった。それに、ルイーズとも他の誰とも母はフランス語を話すのが好きではないのだ。隣人とは強制的に話さなければならないという気がする。彼女の前で黙っていることができるだろうか？　ルイーズは独りぼっちで、口から出る煙のカーテンの向こうで哀れみを誘っている。ルイーズは独りでいることを感じないために、シャアバの人々を見つけ、その声を聞き、彼らと話し、彼らに命令し、子供たちにビンタを食らわし、四時のおやつの招待客を選ぶためにぼくらの家へ来るのだ。

隣人に自分の一部を贈るという贅沢をするには、母の気力は低下しすぎていた。また、自分が哀れみを誘うではないかと、ガウリーヤに〈ミスは独りぼっちで、あたしを必要としている〉と思われるのではないかと、母は怖れていたのだ。彼女は哀れみなどかけてほしくなかった。そんな必要があるだろうか？　確かに以前より幸せだと言ったら、それは嘘だろう。でも、大丈夫だ。彼女は不幸じゃない。ラベス、スベテラベス！

「ブーシャウィの近況は？」元シャアバの総司令官は訊いた。

「マッタクナイ！」

「まったくないの？」

「マッタクナイ！　ナイ！」

「他の人たちは？」

「誰もわたしたちに会いに来てないの」ルイーズの質問にこれ以上母が答えられないことを理解したゾフラが会話に参加した。

母は自分の言葉をフランス人に伝えるようアラビア語で娘に言った。

「言ってちょうだい。他のどのシャアバの畑や庭でなら男たちは変に思われずに礼拝することができるというの？　他のどこでイードを祝えるというの？　それから、割礼はどうすればいい？羊の喉を切って殺すのは……？　みんな戻って来るよ。それに、女たちは？　どこに洗濯物を干せばいいの？」

ゾフラは一語一句母の論法を訳した。

シャアバはぼくらのもので、母は苦しまないためにそれを自分に繰り返し言い聞かせる必要があったのだ。それでも、彼女は苦しんでいた。

「ええ、ここはあんたたちの家さ。こんな場所は絶対に見つからないだろうよ」ルイーズは靴の下でゴロワーズを踏みつぶしながら同意した。

そして続けた。

「それじゃあ、行かないと。ギュとポロに食事を作らないとね」

ルイーズがぼくらの家を出て行くとすぐに父が帰ってきた。無精髭の冷たい顔に輝く目をし、父はシャアバが死んで以来まったく弱いところを見せていなかった。シャアバはもうなかった。今後は家が一軒あるだけだった。それはブージードの家だった。ブージードはどうしてこうなったのかをよく理解していなかった。みんながどうして自分の天国から去ったのか、ブージードは自問してみなかった。ブージードは噛み煙草を噛み続けるように自分の生活を続けた。

ぼくはと言えば、ぼくらがみんな不幸だということ、ぼくらは去った者たちをうらやんでいること、それがぼくらを悲しくさせることを父に知らせるべく、偉大なるアッラーが天使を送ってくださるよう祈りながら毎晩眠りについた。

時間はのんきにいつも通りの道のりを過ぎていき、天からの使者はまだぼくらのドアを叩きに来てはいなかった。すでに何カ月も前からみんなの去ったシャアバが沈む悲しみに、秋は何の解決ももたらさなかった。

ボードレール！　ほら！　この不幸な秋がぼくに思わせるのはボードレールだった。ボードレールがこの季節の哀愁を描写している詩の一つをグラン先生がぼくらに暗記させたではないか。これほど悲しい言葉を書くには、この詩人には相当な気苦労があったに違いないと、その頃ぼくは思ったものだ。でも、今ではぼくは考えを変えている。それは、蛇のように伸びた有刺鉄線にも似た枝の、醜く裸になった庭の林檎の木やプラムの木や、その足下にある腐った板の山や、使いものにならないトタンや、山と積まれた錆びたドラム缶などのせいなのだ。ブーシャウィの家具でさえ、庭のこの一角でその生涯を終えたんだ。

スラムを建てるために必要な素材の山！　それがシャアバに残ったものだった。

だが、ブージードにどう言えばいいのか？　どうすれば目を開かせられるのか？　彼がボードレールを読む必要があるだろう……。でも、誰が字を教えるのか？　どうにもならない。そもそも、詩がブージードの心を開くことはないだろう。少なくともぼくらと同じような心があるのだろうか？　もしかするとジドゥマは正しかったのかもしれない……。でも、最近父がぼくに持って帰ってくる飴の箱もある……。いや、ブージードに心がないなんて言えない。心があるにはあるが、不幸にも気まぐれな心なのだ。ときにはバカンスに出かけてしまう。移り気なのだ。そして、父は裸になってしまい、哀れみも愛情もなくしてしまうのだ。ブージードはこのような人物だ。旅好きな心を持つ男。今のところ、彼の心は石だ。触れることができない。引っ越しの話は聞きたくないし、決して何も言わないし、どんな感情も分かち合うことはない。彼の心は年に一度の休みを取っている。少なくとも、別の季節に旅立てばよかったものを！

ああ！　エンマ、もしあなたがいなかったら、ぼくは誰に文句を言えただろう？　誰に呪われた家の哀歌を歌えただろう？　父は現代音楽が好きじゃない。エンマ、あなたがこの悪夢から去るための最後の希望となったのだ。

かわいそうなエンマ！　ある日、ぼくが繰り言で母にしつこくしたために、母はついに何分もの間泣いてしまい、己を呪い、自分の哀れな存在を嘆いたのだった。

「ああ、神様、なぜこのような苦しみに耐えねばならないのでしょうか？　あの人はあたしを泣かせるし、子供たちはあたしを責めるし、みんなあたしを苦しめるのです……。ああ、神様、死なせてください！」彼女はつぶやいた。

ぼくは人殺しになったような、ぼくの肉の一部を盗んだ死刑執行人になったような気がした。そこで、引っ越しという考えをきっぱり捨てて、母の方へ行ってその胸を抱きしめた。

「ごめんなさい、エンマ。ぼく、もう引っ越しなんてしたくない。これからは絶対に生活のことで泣かないって誓うよ。泣かないでよ、エンマ。お願いだから、泣かないで」

母の悲しみの波はますます強く打ち寄せた。


「この小屋の真ん中にいるのはもういやだ！　引っ越ししたい！　この小屋の真ん中にいるのはもういやだ！　引っ越ししたい！」

毎晩父が帰ってくると、ぼくはこのうっとりさせるリフレーンを歌った。父が食べているときも、コーヒーを飲んでいるときも、ラジオを聞いているときも。でも、父はぼくを無視した。ぼくの方に目を向けようとさえしなかった。だから、ぼくは歌のリズムを速くした。ぼくはうなった。父はそれでも反応を示さなかった。父がぼくに手を出せないように、ぼくはいつも安全対策から数メートル離れたところにいた。もしもの場合のためだ……。

父はいつもの場所に座り、コーヒーのグラスと噛み煙草の箱で倦むことなく同じ動作を繰り返した。今夜は、上着を脱ぎもせずにテーブルの上で居眠りだってしている。

他の子供たちみたいに引っ越ししたいと駄々をこねるために、ぼくは壁に背をもたれかけてドアの前に陣取った。ぼくは庭で喧嘩している二匹の猫に気を取られて、注意もそぞろに、冷め切っていた。ぼくの口からリフレーンが出ていた。

「引っ越ししたい！　引っ越ししたい！」

ときどきぼくは、自分のメロディーに物憂げに揺すられている父の方に目をやった。戸棚の上に置いてある灰皿を取るために、父はやっとのことで立ち上がった。そして、突然向き直ると、ぼくの方へ決定的な三歩を踏み出した。あっという間に父はまずぼくの腕を、それから両耳をつかんだ。

「ヒッコシシタイカ？　ヒッコシ、オマエニヤルヨ！」

父はぼくにフランス語で話し、十分間ほどそのセメントで固まった手とサイズ四十三〔約二十七・五センチ〕の作業用ブーツでぼくをそこから引っ越しさせた。引っ越しが始まった頃、ぼくは痛みを和らげるために体を縮め、懇願した。

「いやだ。いやだ。やめて！　アブエ。　やめて！　もう引っ越ししたくない」

「イヤ。オマエ、ヒッコシシタイ！」

「違う。もうしたくない！」

「ソレデモヒッコシスル、ワカッタカ！」

苦痛に耐えられなくなり、ぼくの傷ついた体はこれ以上ひどい傷をうけることはできなかった。すると、ぼくの頭の中で憎しみの感情がすべてを覆した。

「引っ越ししたい！　そうだよ、ここにいるのはもういやだ！　この腐った家から出たい。放してよ！　放してよ！」ぼくは声を限りに叫んだ。

ブージードはすでにしばらく前からぼくの声が聞こえなくなっていたに違いなく、罰を与え続けた。ぼくはしまいには黙った。彼は落ち着き、もう冷めてしまったに違いないコーヒーを飲み終えようと椅子に戻った。このときになってやっと、母がぼくを腕に抱き、ベッドまで連れて行った。拷問執行人の前を通ったとき、ぼくは再び要求を掲げた。

「引っ越ししたい！」

二回目の引っ越しを怖れた母がぼくを落ち着かせた。

「泣くんじゃないよ、坊や。あたしたちは引っ越しするんだから」

「いつ？」

「明日の朝」

「嘘だ！　そんなの嘘だ。ぼくは今引っ越ししたい」

数分後に、母は金色の砂糖がのったセモリナ粉のクレープをぼくに運んできた。だが、ぼくはその頃すでに想像の国へと引っ越ししている最中だった……。

夜がぼくらの家の周りを取り巻いた。静かで退屈な夕べがまた過ぎた。ぼくは台所の階段に座って、ゾフラと一緒にラジオのヒットパレードが始まるのを待っていた。ぼくはリシャール・アントニー〔一九六〇年代にフランスで人気を博した歌手〕の《そして列車の汽笛が聞こえる》〔一九六二年に一世を風靡した流行歌〕が流れるのを待っていた。「夜に汽笛を鳴らす列車は何と寂しいものだ」と歌うやつだ。列車、夜、出発。ぼくは身震いした。かすかな涼しい風がぼくの頬をかすめてなでるが、ぼくの巻き毛をわずかでも動かすことはなかった。ぼくはアノラックをきちんと着なおした。

台所に釘づけになった母は、牛乳でゆでたパスタを準備していた。ブージードは、母の方に目を向け、彼女を見るともなく見ている。おそらく、ラジオでラジオ・カイロかラジオ・アルジェの解説を聞いているのかもしれないが、内容を理解してはいなかった。

ぼくらは〈カンケ〉〔石油ランプ〕を部屋の中で灯した。

「おい、誰が来たか見に来いよ！」ムスタフが庭に駆け下りながら叫んだ。

ぼくらは急いで外に出た。

「誰？」タクシーに乗っている人物を見分けることができずに、ゾフラが訊いた。

「ブーシャウィとその家族だよ！」ぼくが答えた。

ぼくはすぐに彼らを認めた。

「パパを呼んでくる！」

ブーシャウィおじさんが車から降り、運転手に支払いを済ませ、開いたドアからたっぷりした妻の尻を引き出すのを手伝っていた。

やっとの訪問だ！　ずいぶん長い時間が経っていた！

父と母は玄関のステップに出て来た。

「ブーシャウィ」父は腕を広げて叫んだ。「久しぶりだな。どうしてこれまでおれたちに会いに来なかったんだ？　おれたちのことを忘れたんだろ？　元気か？　家族はどうだ？　元気か？　元気か？」

ブージードは溢れんばかりの微笑みを浮かべた。彼は幸せそうで、顔を輝かせていた。かつてのシャアバの住民にキスし、抱きしめ、肩を叩いた。

「子供たちは？　ずいぶん大きくなったなあ！　アッラーが称えられんことを！」

ブージードは母に一千一の話をすでにし始めているブーシャウィの妻にもキスした。

「だけど立ち話もなんだ！　家に入ろう。ああ！　あんたに会えるのは何とうれしいことだ。元気か？」

「元気だよ！」

「元気か？　子供たちは？　奥さんは？」

「元気だ。アッラーが称えられんことを！」

今日は土曜日だ。一晩中、ぼくらは幸せに過ごすだろう。ぼくはゾフラの周りを回りながら、子山羊のように飛び跳ね、小躍りし、大喜びした。

「もう、やめなさい。おかしくなったんじゃない！」ゾフラがぼくに言った。

コーヒー、お菓子……それにクスクス！　そう、このできごとを祝うために巨大なクスクスが供された。ブーシャウィ家がぼくらに会いに戻って来たのだ。幸いにも、昨日父が買った羊の肉があった。

台所では、エンマがエプロンをつけ、引き出しや戸棚を開け、缶切りや包丁やクスクス鍋や野菜を取り出した。エンマは何カ月も前からこれほど幸せだったことはなかった。

「今夜ルイーズが来ないといいんだけど」彼女はゾフラにそっと言った。「ほら行って！　ドアの前に行きなさい。もしルイーズが来るのが見えたら、門を閉めるんだよ。ほら、急いで。ああ、まったく、なんてこの子は鈍いんだろう！」

ゾフラは微笑み、ドアの前に立ちに行った。ゾフラは少し経ったら野菜の皮むきを手伝うために母親に呼び戻されることを知っていたのだが、それでもいいと思っていた。

ブーシャウィ夫人は男たちの真ん中にいるのを気まずく思い、台所の母のところへ行った。

「手伝うよ、メサウーダ！」

「いえ、大丈夫よ。そこにいてちょうだい、お願いだから！」

ブーシャウィ夫人は笑いながら茶目っ気たっぷりに答えた。

「あたしに男たちと議論してろって言うの？」

その間、父は「元気か？」を連発しながらブーシャウィにコーヒーを出した。二人の男はすでに話が盛り上がっており、物語の中をさまよい、エル・ウーリシヤに戻り、時間をさかのぼっていた。

エンマの叫んだ声で現実に戻ってきたに違いない。

「さあ、ご飯だよ！」

ゾフラは居間でテーブルについた男たちのために大皿の料理を二つ出した。一皿は子供たちのためで、もう一皿は二人の男たちのためだった。女たちは台所で食べた。

ぼくらのテーブルでは、ブージードとブーシャウィおじさんはすでに色々なことについて話していた。再会の陶酔が過ぎた今となっては、二人はもっと深刻な問題について話していた。まるでこの夜が綿密に準備されていたかのように、ブーシャウィが話し始めた。

「あんたがここを離れようと思っていることは知っているよ、ブージード……」

父はすぐに反論した。

「何だって？　離れるだって……」

「うそだと言うなよ。みんながいなくなってから、あんたたちがどうやって生活してるか、おれはよくわかってる。惨めだとね！」

「それじゃあ、あんたも他のやつらと一緒か。ここじゃあおれは自分の家にいて、誰の邪魔もしないし、誰の世話にもならないって思わないか。おれはここにいて幸せだ。他の場所で同じものが見つかると思うか？」

今度は、父は自分の論拠を述べることができた。

「あんたの言う通りだ、ブージード、反対のことを言うなら嘘になる。だが、ここには何もないことに気づくべきだ。電気《リトリジティ》もない……」

「ここに引かせるさ！」

「誰かがお金を出すんだ？」

「金なら見つけるさ！」

「水道さえない。うちに来いよ。つまみを回せばお湯が出るというのがどういうことかわかるから。快適な生活っていうものをね！」

伸び縮みするアンテナのように耳をそば立てた女たちは、黙ってその話を聞いていた。

「いいか、ブージード。あんたたちのためにリヨンにアパートを見つけたんだ。近代設備が完備していて、おれんちの近くだ。ここよりも千倍いいぞ。あんたの目には、おれがそのためにここに来たと思ってるって書いてあるが、それは違う。いいや。信じてくれ。あんたに無理強いするつもりはない。あんたは自由だ。見に来るか、見に来ないか、好きなようにしたらいいさ。わかるだろ。おれにとっては何も得るものはないんだからな」

言いたいことを言い終えると、ブーシャウィは動物のように舌を鳴らしてコップの発酵乳を一気に飲み干した。どろっとした飲み物が彼の厚い唇を汚した。父は肉の塊を歯で噛み切り、大好物の骨髄に襲いかかった。そして、とろりとした中身を出すために、テーブルの脇に骨を叩きつけた。

ムスタフは自分のクスクスのスプーンの向こうに隠れようとして、ぼくの方を向いた。

「ブーシャウィは賢いよ。こんな風にパパに話さなくちゃ。たぶんうまくいくよ」

ぼくはいたずらっぽく笑いながらもみ手した。父はぼくの喜びに気づいて、いら立った。

「お前たち二人はもう寝ろ！　何を聞いてるんだ？　行け！　とっとと失せろ！」

ムスタフはぼくの袖をつかみ、寝室へぼくを引っぱっていった。今こちらに注意を引くべきではない。

夜中の一時頃、父の懇願にもかかわらず、ブーシャウィたちは去っていった。

「頭がどうかしたのか、ブーシャウィ！　こんな時間に帰るなんて無理だ。ここに寝ろ」

「いいや、ブージード、本当におれたちは帰るよ」客は食い下がった。

ブーシャウィはリヨンに帰ることに固執しており、父はあまり執拗に勧めることはしなかった。近代設備のない自分の家に客が泊まりたくないのではないかと怖れていたからだ。

「どうやって家族と帰るんだ？」

「タクシーでさ」

「どこでタクシーを捕まえるんだ？　電話するのか？」

「いやいや、ヴィルユルバンヌまで歩くよ。そうすればタクシーが見つかる。心配するな、ブージード。こうした方がいいんだ」

「夜中の一時にヴィルユルバンヌまで歩くのか？」

「ああ、心配するな。ほら、子供たち、上着を着なさい」

父は急に苦々しい気持ちにとらわれた。土手の外れのモナン大通りまで彼らを見送り、ブーシャウィとその家族を引き止めなかった。

父が戻ってきたときぼくはまだ起きていて、父がベッドの母のところに行くのが聞こえた。父は母に言った。

「何も言わないのか？」

一晩中、母は自分の考えで影響を与えるのを怖れて何も言わなかったので、この質問は彼女を驚かせた。

「何と言えばいいの？」彼女はつぶやいた。「決めるのはあんただよ」

シーツのこすれる音と夫婦のベッドが軋む音が聞こえた後で、家の中に静けさが戻った。父のつぶやきが聞こえてずいぶん経ってから、父がかくいびきの地獄のようなリズムに疲れて、ぼくは寝ついた。


「それで、お前は何か聞いたか……？　何時に寝ついたんだ……？　何て言ってた？」

「何……？　もっと寝かせてよ……」

「もう！　起きないのかよ⁇　おれが話しかけてるだろ！」

ムスタフは心配していた。昨夜の駆け引きの結果を知りたかったのだ。

「昨日の夜、何て言ってたんだ？」

「知らないよ。もっと寝かせてよ！」

「だめだ！　おれに答えるまで寝かせない」

「水曜日だよ。水曜日にパパはブーシャウィと一緒に町にアパートを見に行くんだ……」

ぼくは毛布を裸の肩まで引っぱった。だが、ムスタフは急に狂気にとらわれて、ベッドの上で足を組んだまま跳びはね、自分の枕でぼくを叩き、ぼくを揺さぶり始めた。それと同時に尋問を続けた。

「確かか？　言ってたことをおれに繰り返してみろ！　水曜日にどこで会うことになってるんだ？」

今度は、ぼくは父の権限に助けを求めることにした。

「アブエ！　アブエ！　ムスタファがぼくを寝かせてくれないよ」

ムスタフは静かになった。

「そのためにパパを起こすなんて、お前はばかじゃないか？　もし起きてきたら、おれたち二人とも大目玉だぞ……」

ムスタフは立ち上がって部屋に消えた。ぼくはもう眠くなかった。目は腫れ、前日の肉の塊のせいで歯は汚いままで、耳鳴りがする。そこで、ぼくは毛布から出て、ゾフラがすでにコーヒーを用意している台所へ行った。日曜日の朝はいい匂いがした。父がぼくのところに来た。ムスタフのせいで起こしてしまったのだ。父の顔は無表情だった。ぼくに目もくれずに、水受けの新鮮な水で髭を剃りに行った。朝の静けさの中で、ポンプを上げ下げする激しい音が聞こえた。

もうすぐ六月の終わりだ。夏休み。瀕死のシャアバに残されたものを見ると、ぼくはラバフやハッセンやブーシャウィ一家と同じように新しい生活ができることを嬉しく思っていると同時に、いずれ来《きた》る残骸に泣きむせぶ老人のように悲しかった。土手もおしまい、ゴミ回収トラックもおしまい、森の中の小屋もおしまい、娼婦もおしまい、ルイーズもおしまい、学校もおしまい。来るべき時が来た。グラン先生はぼくの成績を心配し始めていた。学年末のテストでは、ぼくは苦しんだ。ずいぶん前から気もそぞろだったのだ。

「中級科二年生〔フランスの五年間の初等教育の最終学年〕に進級」

ゾフラが父に訳した。

「これからは大きい子供たちの学校に行くのか」

ブージードは幸せだった。だが、感情を爆発させることはなかった。

最後の授業の日。ぼくは二度とその門を通ることも、グラン先生に会うこともないのだということをあまり実感しないまま、レオ・ラグランジュ小学校を去った。

五時にゾフラとムスタフが正門の前でぼくを待っていた。ぼくらはシャアバの残骸に向けて最後の道のりを進んだ。ゾフラは自由を称えて歌った。

「私の方に手を出して。そして私の手を取って。学校は終わった。それはつまり……〔一九六三年に大ヒットしたフランスの女性歌手シェイラの《学校は終わった》の歌詞〕」

この歌詞は、彼女がヒットパレードで聴いたものだった。

「チャオ、レオ・ラグランジュ！　永遠に……」

興奮したムスタフが叫んだ。

彼らは軽い足取りで歩き始めた。ぼくは足を引きずりながら今では怖くもなんともないクロワ・リュイゼ橋を渡り、モナン大通りのプラタナスの下をふらふらしながら、数メートル離れて彼らの後を追った。胸を締めつけられながら、好きな場所すべてに目をやった。小屋のあるところまで来ると、交通整理をしている警察官の身振りを眺めるためにしばらく立ち止まった。数メートルのところに、反逆児のムーサウィが見えた。ああ！　やつは放校を自分で招いたのだった。もしかすると、腕のいい自動車整備士になるかもしれない。誰にわかろう？　ぼくは彼がくつろいだ様子をして素早い足取りで小屋の中に入るのを見た。

ゾフラがぼくを呼んだ。

「ねえ、来ないの？　何見てるの？」

「何も。すぐ行くよ」

ぼくは姉が夏休みのことしか考えていないことに驚いて、彼女のところに走って行った。

道の外れにぼくらの家があった。ぼくの郷愁は消えた。

「ほら。少しは笑えよ」ムスタフがいつものようにぼくの背中を叩いて言った。「引っ越しするんだぞ」

ぼくはやっと微笑むことができた。


ぼくらは一九六六年八月の最初の週末に引っ越しをした。父と一緒に働いているエル・ウーリシヤのアラブ人のプジョー《ビジュー》４０３の後部座席に古い鉄のベッドと鏡のついた洋服ダンスとぼくらの服を積んだ。父はガスレンジを持って行きたがった。町の新しいアパートの「スファージュ・サトラル〔中央暖房〕」を信じていなかったのだ。だが、ぼくらの個人的な問題よりも自分の車が大丈夫か心配だったビジュー４０３の運転手の圧力に屈した。最終的にガスレンジは置いていかれた。ブージードの家の冷たい壁の真ん中で朽ちる運命にあったのだ。シャアバで。

ぼくはあまり急いで去りたくはなかった。でこぼこの庭や時間と共にひびが入ったセメントの水受けや、何年もの間ローヌ川の水をぼくらにもたらしたポンプや放置された庭や半壊したトイレなど、すべてを最後にもう一度見ておく必要があったのだ。

ムスタフが乱暴にぼくの目を覚ました。

「それで？　何してるんだ？　ここに残りたいとでも言うのか？　引っ越ししたくて泣いてたくせに、出て行くとなったらぐずぐずするんだからな！　ほら、門を閉めろよ。行くぞ……」

　ぼくはムスタフが正しいと思い、車の方へ走っていった。ぼくはゾフラの隣、ベッドのマットレス台の上に座った。母はビジューの床の上でムスタフとぼくの間に挟まれていた。車は、町の方へ向かう大通りに通じるでこぼこの道を進んだ。森の方に徐々に消えていく家を、ぼくらは長い間眺めていた。助手席に座ったブージードは、ずいぶん前から黙っていた。エンマはビヌワールの折り返しを指に挟んで、微笑みながら泣いていた。


「ああ、きれい！」ぼくらがアパートの中に入ると、ゾフラは声をあげて笑った。

「ああ、もう、いいから！　お前は、すぐに大口を開くんじゃないよ。邪視を引きよせるじゃないか」エンマが言った。

　姉は漏らしたばかりの言葉を飲み込むために、口に手を当てた。ぼくらのところでは、絶対にエル・アイン〔邪視のこと〕を軽々しく扱わないのだ。アッラーがいかなる幸福でぼくらを喜ばせたとしても、絶対に誰であれ他人の前で自慢してはならない。さもなければ、悪魔が介入してくるからだ。それは、エンマがいつも言っていることだ。

ぼくらが夢みて、シャアバから立ち去りたいと思わせたもの、ぼくらは入口から続く廊下から眺めた。台所、居間、二つの窓のない小部屋。エンマは突然ぼくに見られていることに気づいて逃げ、台所の家具の方に数歩進み、壁紙に手をやった。彼女は何を考えているのだろう？　エル・ウーリシヤにいたときに女中をしていた農場のことだろうか？　新しい住まいで自分がどうなるかについてだろうか？　彼女の顔の表情からは、それはうかがい知れなかった。時間は過ぎ、沈黙が続いた。ゾフラはまたも黙っているべき絶好の機会を台なしにし、ぼくの方に向くとささやいた。

「あたしはソファーに寝る。居間があたしの部屋だよ」

「お前、お前、お前……」エンマが言った。「これ以上続けたら、お前はあばら屋に戻るんだよ！」

「何も言ってないよ！」姉は反論した。

「大きな歯を見せてないで、段ボール箱の中身を出しなさい」

ゾフラはしょげて、足下にあった最初のかばんを取り、台所の奥へ持って行った。その一方で、エンマは階段に戻り、いらだちからアパートの中まで聞こえるほどのため息をついているムスタフを手伝った。彼女はぼくに言った。

「ほら、お前も手伝いに来なさい」

「すぐ行くよ、エンマ」

彼女は外に出た。ゾフラはこの機会をとらえてぼくに言った。

「ちょっと！　ズーズ。見て。ここがトイレでそれから洗面台だよ！」

衛生面では、ここはシャアバで父が掘ったやつよりもずっと健全だった。その上、中には自動で点く明かりがあった。しかしながら、ぼくには何か奇妙に思われた。

「ウンコをしたあとで、ウンコはどこへ行くの？」

「パイプの中を通るんだよ。建物の壁にパイプがあるでしょ……。それから、下水に落ちていくんだよ」ゾフラが説明した。

「それじゃあ、たらいを空けなくていいの？」

「その通り。完全に近代的ってわけ」

「シャアバよりいいね」ぼくが言った。

「そりゃあそうだよ！」ゾフラが言った。

「風呂場はどこ？」

バスタブを隠した小さい部屋を見つけたいという希望のもとで、ぼくらは周りを見回した。

「ないや！」姉が結論した。「シャアバの緑のたらいを持ってきてよかった！」

このとき、エンマがぼくらのところに来た。ぼくはすぐに訊いた。

「エンマ、どうしてジドゥマの家には風呂場があるのに、ぼくらのとこにはないの？」

今度は母は怒りで青ざめ、ゾフラに走り寄り、ポニーテールをつかむと叫びながらトイレから出させた。

「神様！　これほどおしゃべりな魔女があたしの子だとは、あたしは何をしたのでしょうか？」

「あたしじゃない！　あたしじゃない！」姉はうめき声をあげた。

そして、自分の頭皮を守るために、ぼくに向けて指をさしながら告発した。

「あいつだよ！」

ぼくは激しく抗議した。

「まったくこいつめ、どうかしたんじゃないか？　頭でもおかしくなったのか？」

だが、遅すぎた。エンマは潜望鏡をぼくの方に向けた。そしてライオンのようにその場でくるくる回ると、ぼくの鼻先に投げるものを探し、アッラーに助けをもとめてぶつぶつつぶやいた。

「何かあたしにちょうだい。金槌でも石でもいいから、この悪魔をぶちのめすためのものを……。ああ、アッラーよ！」

最後には、いつもと同じように母は自分の靴をつかむと、ぼくの方に投げつけた。いつもと同じように、ぼくはだいぶ前にずらかっていたのだけど。

「このとんま！」靴が壁にぶつかるのを見て、母はぼくを呪った。

ぼくは階段でスタフを転倒させそうになった。やつはかわいそうなことに今朝からトルコ人のようにせっせと働いていた。ブージードは一瞬たりとも彼を自由にさせようとはしなかった。スタフは腕にカバンや段ボール箱を抱えていた。

「ほら。これを持てよ！」彼は命令口調でぼくに言った。それから、ぼくに訊いてきた。

「それで？　どうなんだ？」

「ぼくはよくないと思うな。そもそも真っ暗なんだ。窓を開けると、正面の建物の壁が見えるんだよ。うちには太陽が絶対に入らないよ。それに、すごく小さいんだ。それから、風呂場がないんだよ」

「もういい、黙れ！」スタフが命令した。「お前にはいらいらするよ。シャアバにいたときは引っ越ししたくて泣いていて、引っ越してから今また泣くんだからな」

「泣いてないよ！　それに、話せって言ったのはお前じゃ……」

彼はぼくを遮った。

「これを運んで黙ってろ！」

「ふん。それだったら、段ボールを一人で運べばいいさ！」

そう言うと、ぼくは階段に荷物を置いて、逃げていった。

「戻って来い、大ばか！」彼が叫んだ。

「お前にはうんざりだ」ぼくは言い返した。

すると、激怒したスタフは重荷を放って、ぼくを追いかけてきた。ぼくは手すりにつかまって階段を三段ずつ飛び降りた。すると突然、ぼくは曲がり角で巨大なマットレスの重みの下で汗びっしょりになっている父に真っ正面からぶつかってしまった。荷物が崩れ落ち、父も同時に崩れ落ちた。パニックに陥ったぼくは、急なことで父がぼくだと気づかなかったことを願いながら、夢中になって走り続けた。

「ああ！　アッラーよ！　ハッルーフめ！　こっちへ来い！　こっちへ来いと言ってるだろ。早く」

ぼくはちょこちょこ階段を上った。ブージードは真っ赤になっていた。今度こそ、彼はぼくの頭皮を剥いでしまうだろう。すると、スタフが走ってぼくらの前に現れた。スタフが状況の深刻さに気づくよりも早く、ぼくは自分を救うために彼を利用した。

「全部こいつのせいだよ、アブエ。ぼくは《待って、段ボールを持つのを手伝うから》って言ったんだ。そしたら、《失せろ》って言われたんだ。それに、働くのにうんざりだとも言ってたよ。それから、一緒にいさせるためにぼくをぶとうとしたんだ。こいつは頭がおかしいよ」

スタフは口を半分開けたまま驚愕していた。ブージードはムスタフに向けて雷を落とした。

「ヤスモノウリノヒキョウカンメ！　モヌプリ〔スーパーマーケット「モノプリ」のこと〕ノヒレツカンメ！　お前の目をくり抜いてやる！　ああ、お前は働くのにうんざりなのか!?」

ムスタフは自己弁護を試みた。

「アブエ、違うよ。アブエ、嘘だよ。こいつは嘘ついてるんだ。嘘だって誓うよ。おれの父親の首にかけて、嘘だよ……」

ブージードは動じずに、スタフの方に進んだ。兄はハリネズミのように丸くなって、前腕で頭を守った。彼は拳が飛んでくるのを身構えて待っていた。ぼくに対してボスのようにふるまったことのツケだ。ぼくはスタフをリングの上に見捨てて、通りに消えた。

テルム通りから出発して、ぼくはトラブール〔通りから別の通りへ抜けることができる建物を突き抜ける通路。リヨンのものは特に有名〕を通ってクロワ・ルース〔リヨン北部の高台の地区〕の上に出た。そして、建物の中を通り、暗くしょんべんくさい小道の階段を上り、複数の通りを抜けていった。この界隈には、多くのアラブ人の家族が住んでいた。

時間は六時頃だった。そろそろ帰らなくてはならない。ぼくはグランド・コート坂を通ってサトネー広場の方へ降りていった。食料品店、肉屋、床屋、バー、ホテル……。ここはアルジェリアだった。母のような服装の女たちが颯爽《さつそう》と通りを渡り、正面の小道に入って行った。店のショーウィンドーの前には、年老いたタバコの吸い口（からし色のターバンを頭に巻いた男たち）がのんびりとしていた。

ぼくらのアパートへと向かう坂には、引っ越しの跡はもうまったく残っていなかった。夢見心地でぼくはドアを叩いた。ドアがすばやく開くと、スタフの頭がどアップで現れた。ぼくは壁に押しつけられ、アームロックをされて動けなくなった。兄は今日の午後、父を主役とする遊びを発明してくれたことに対してぼくに礼を言いながら、太ももを松葉杖で強く叩いた。彼は舌を歯の間からのぞかせてぼくを脅し、ぼくのおかれている状況を楽しんでいた。

「仕返ししてやるって言っただろ」

ぼくは父に助けを求めた。

「アブエ！　アブエ！　こいつがぼくをぶつよ！」

兄は心配になって、締めつける力を弱めた。

「黙れ。さもないと本気でバラバラにするぞ」

ぼくはますます強く助けを求めて叫んだ。兄はぼくを放したが、時すでに遅し。ブージードはぼくの叫び声を聞いたのだ。ブージードはスタフの方へ進み、容赦なく尻にバブーシュ〔つま先の長いトルコ風スリッパ〕の一撃を食らわせると、言った。

「怠け者《フェニエン》め、お前が秀でてるのは弟をぶつときだけだけだな。男として恥ずかしくないのか……？」

絶望したスタフは、尻がまだ自分の後ろについているか確かめるために両手をやり、憎しみと痛みに泣きながら家に入ったが、最後に言い放った。

「うんざりだ。ここじゃ食らうのはいつでもおれなんだからな」

それから、ぼくを見つめて言った。

「見てろよ、お前。いつか自分の歯を食わせてやるからな！」

ぼくは父の後ろに隠れて、兄をさらに怒らせるためにものすごいしかめ面をしてみせた。兄は自分のマットレスの上でしばらく泣いていた。それから、ぼくの本を一冊手に取り、電気をつけた。すでに家の中は暗く、小部屋は真っ暗だったからだ。すると、父が攻撃に戻った。

「電気を消せ！　お前はおれを破産させる気か？　電気代《リトリジティ》を払うのはお前か？」

スタフのいらだちはさらに高まった。

それから、ブージードはエンマの方を向くと、同じようにどなる調子で言った。

「どうした？　まだ準備ができてないのか？」

台所では、エンマがセモリナ粉のガレットをこねていた。彼女の顔は幸せそうだが人のする顔ではなかった。ブーシャウィ曰く、非常にいい値で前の借家人に譲ってもらった新品ピカピカの青い合成樹脂《レジン》塗装のされたシステムキッチン、テレビ、キルティングの施されたベッド、そしてソファーに囲まれているというのに。

スタフはまだ小部屋で泣いており、哀れに思ったゾフラがぼくに抗議した。

「これもみんなあんたのせいだよ、この大ばか」

ぼくは何ごともなかったかのように彼女に近づき、彼女がぼくの方へ顔を向けるやいなや、アッパーカットを顔にお見舞いした。ぼくの拳は彼女の目を襲った。

「痛い！　痛い！　目が！　電気《レレクトリシテ》が見える。何も見えない……。アブエ、めくらになっちゃった」

「電気《リトリジテイ》だと。どこだ？　全部消せ！　ああ、悪魔どもめ。魔物の息子、穢れ、ユダヤ人……。お前たちはおれの血を吸いやがって。全員、ココカラウセロ。寝床に行け。全員だ」

夜はこうして終わった。エンマはガレットを一枚だけ焼き、父に出した。父はもうお腹がすいていないと言った。そして、彼らはキルティングの施されたベッドに寝に行った。

毎朝、エンマは新しいアパルトマン《バルトマ》で整理整頓をした。窓ガラスのようにつるつるしたタイル張りの床を磨くことに喜びを見出しているかのようだった。エンマは何時間もテーブルや椅子や台所の壁に取りつけられた合成樹脂塗装の収納棚をピカピカにしていた。彼女を取り巻くすべてのものが彼女をうっとりさせた。それは、彼女が冷蔵庫を掃除するときに撫でているのをみればわかることだった。冷蔵庫にひっかき傷をつけるのを怖れているのだ。

母が幸せなとき、ぼくはいい気持ちになった。アパートは愛想がよく、人を快く迎えるようになった。前よりずっと明るくなった。ブージードは仕事に出かけ、エンマは自分の家の女王となり、くつろいでいた。ゾフラが彼女に電気アイロンの使い方を教えた。ぼくは親父がいないのをいいことに、テレビを見た。エンマはいつの間にか電気の消費量が増加していることに父が気づくのではないかと怖れた。

「お願いだから、お前、消しておくれよ。さもないと、あの人がいつか壊しちまうよ」彼女は言った。

「いやだよ、エンマ。ちょっと見るだけだよ。映画を見たらすぐ消すからさ。いいでしょ？」

彼女は答えなかった。それは彼女が諦めたことを意味していた。

それとほぼ同じ時に、誰かがドアを叩いた。

「どうしよう。お前の父さんだよ。テレビ《チリフィジウ》を早く消しなさい！」母はぼくに哀願した。

ぼくはすぐに言われた通りにし、彼女の後について玄関に行った。仕事に行っているのだから、父であるはずはなかった。ぼくは突然不幸なことが起きたのではないかと怖くなった。エンマはおそるおそるドアの方へ歩き、何を探しているのか恐れをなした目で室内の隅々を見た。彼女はアッラーに祈りを捧げた。そして、ドアノブに手をやって尋ねた。

「どなた《シュクーン》？」

「ドアを開けてよ。怖いの？」女の声が答えた。

「シュクーン？」母は繰り返した。

「あんた、あたしが誰かわからないの？」謎の声が言い返した。

その声はぼくにとてもなじみ深かった。突然、エンマは目を輝かせて叫んだ。

「まあ、ジドゥマじゃない！」

母は乱暴にドアを開けると、その腕に身を投げ四度キスし、お決まりの言葉をいくつかもごもご言い、ジドゥマを中に入れた。

「ようこそ《ガルビ》、ようこそ《ガルビ》」この再会に動顛した母が言った。

ジドゥマも母と再会したことを喜んでいた。シャアバを離れるころに起こった凄惨な喧嘩の後、もうデブのジドゥマに会うことは二度とないだろうとぼくは思っていた。ところが、さらに太ったジドゥマが金ぴかの大きな歯を明かりにちらつかせて現れると、二人の女たちはまるでいつでも世界で一番の友だちであるかのようにふるまった。彼女はかごの中からマグレブ式に訪問するためのパスポートである砂糖とコーヒーの袋を取り出し、ドアの敷居をまたぐと、すぐに言った。

「まあきれい！　これも！　まったく幸運なこと！　よかった。よかった」

彼女は壁紙や壁に掛かった二枚の絵、合成樹脂塗装のシステムキッチンや冷蔵庫やガスレンジを貪るように眺めた。

「前に住んでた人たちが全部置いていったんだよ」エンマは説明した。

普通だったら、彼女はジドゥマの陽気さのうちに邪視《アイン》を見たところだろう。そして、すぐに聖者《マラブー》〔もともとはイスラームの修道士を指したが、病気を治すなどの特別な力を持っている人物へと転じた〕のことを考えただろう。今日はアインもムラブタ〔女性のマラブー〕もなしだった。彼女は喜びに満ちていた。エンマもジドゥマと同じようにアパルトマン《バルトマ》があり、もう羨ましがることもなくなったからだった。母が「これが前の人たちが置いていったレジン塗装の戸棚とテーブルと椅子だよ。それからキルティング《カトゥニ》のベッドとね……」と説明している間、ジドゥマは驚嘆の「へえ！」を連発した。

二人の女たちがまるで市場にでもいるかのようにますます大きくなる声で話す一方で、ぼくはまたテレビをつけた。母がここにはアラブ人の隣人がいないのではないかと恐れていると伝えると、ジドゥマはシャアバに住んでいたサアディ家がぼくらの近所に住んでいると教えてくれた。そして、バッグに入っていた住所を母に渡した。

「明日会いに行こうかね」エンマが言った。「独りぼっちでいるのはよくないよ」

二人の会話のせいでテレビからはもう何も聞こえなかった。ぼくは音量を上げるために立ったが、エンマはいらいらして、さっさとどこかへ消えるようぼくに叫んだ。ぼくが映画を見ている方がいいと言うと、彼女は断固とした足取りでテレビに近づき、コンセントを抜いた。

「もう一度つけるからね」ぼくは言った。

ジドゥマがその太い声で言った。

「あたしたちに静かに話をさせてくれない？　外に遊びに行きなさい。いい機会だから！」

「ここには友だちがいないんだもん」

「だったら、つくりに行きなさい！」ジドゥマが言った。「アリー・サアディのところに行けばいいよ。あの子はここじゃあ誰でも知ってるから」

母も続けた。

「そうだよ、行きなさい。アリーのお母さんにあたしが明日行くって言ってちょうだい。ほら、行って。いい子だから」

ぼくはあきらめて外に出た。かわいそうなエンマがこんな風に話す機会はめったにないのだ。

この界隈は死んだようで、建物の壁にぶち当たる暑さに窒息していた。何台かの自動車と一台のバスの通る音がときどき静けさを破るだけだった。

煙を立てた石畳の上で靴を引きずっている二人の老人が、目をくれずにぼくとすれ違った。ぼくはベルクール広場の方へ歩いていった。店のショーウィンドーはすべて閉まっていた。「九月三日から開店」「毎年恒例の休暇のため休業」このような砂漠で何をしたらよいのだろう? ぼくは家へと帰った。アリーには別の機会に会いに行くことにしよう。

ぼくらの建物がある小道の入口で、エンマとジドゥマが最後の言葉を交わしていた。母は、ぼくらがもう自分たちのうち、シャアバにいるのではないことに気づいていなかった。母はそこに、道のど真ん中に、ビヌワールを着てくつろいだ様子でいた。ジドゥマは流行のプリーツスカートとハイヒールをこれ見よがしに身につけていた。もし彼女がもう少し細かったら、現地人と見違えたかもしれない……。二人はキスし合った。ジドゥマは、ヴィルユルバンヌ行きのバス停の方へ去っていった。ぼくは彼女が通りの端に消えるのを見つめていた。彼らの家の近くに住んで、シャアバのときのように毎日ハッセンとラバフに会えればよかったのに。ここでは、ぼくらは違う時間を過ごすことになるだろう。エンマは最後の別れの身振りをしながら、すでにそれを感じていた。

暑さに息を詰まらせ、原付自転車の上でよれよれになったブージードは、テルム通りの入口に出た。ぼくは歩道の端で父を待っていた。エンマはもう中に入っていた。父はぼくに近づき、自転車から降りると小道でそれを押し、機械的にこれといった特徴のない声でぼくに訊いた。

「ここで何してるんだ？」

ぼくは、特に何もしていないと答えた。

正面玄関に着くと、彼は原付自転車を壁に立てかけ、昼食に使った弁当箱をかばんから出し、重い足取りで階段を上り始めた。このときになってやっと、ぼくは挨拶するために父にキスした。しばらく前から急にこけた頬の突き出た骨のせいで痛かった。年老いたブージードはかなり痩せていた。その顔には重い何か、ぼくに父から距離を置かせる何かがあった。

二週間前から、彼はできればなしで済ませたかった家具を買ったり、管理人に前もって三カ月分の支払いをしたり、いろいろな書類、そして引っ越しのために大きい額のお札をたくさん使わなければならなかった。今夜、彼は前払いを頼んだ。テーブルに座り、領収証を調べ、解読し、どの向きに紙切れを見るべきなのかも分からずに、最終的にいつもの決まり文句でぼくを呼ぶのだった。

「こっちに来てこれを読め！　いくらって書いてあるんだ？」

ぼくは書類を正しい向きにし、答えが書いてある箇所を探した。

「三万三千フランだよ、アブエ」

「三万三千フラン」父は他に何も言わずに繰り返した。

こうして、父は給与明細を手に目を半分閉じて——とても深く考えているというしるしだ——謎の計算に没頭した。父は計算し、予想し、計画し、また計算した。そして、指でテーブルに数字を書くのだった。

その正面では、エンマが食事の支度をしていた。母は黙っていた。父が帰ってきてから、一言も声をかけず、目もやらずにいた。だが、母は父の存在を見なくてもとても深く感じ取っていたのだ。

「三万三千……、一万二千」父は繰り返した。

それからまた、ぼくを呼んだ。

「お前、何もすることがないんだから、こっちに来い」

「なに《ウエーシュ》、アブエ？」

「たばこ屋でシェンマを二箱買ってきてくれ」

父はぼくに小銭をいくらか渡した。それをもらうと、もっともな疑問が突然頭に浮かんだ。

「フランス語でシェンマって何て言うの、アブエ？」

「タバブリジだよ！　タバブリジと言えばいい」

ぼくはサトネー広場のたばこ屋へ向かった。タバブリジはそこになかった。そもそも、そんな商品は聞いたことがないという。そこで、ぼくはそれがたばこを吸うために口の中に入れる粉末だということを説明した。すると、たばこ屋は両手を挙げて言った。

「嗅ぎ煙草《タバ・ア・プリゼ》ですね？」

ぼくは答えた。

「はい、二箱下さい。それから、ジグザグ〔煙草を巻くための紙〕も一つ」

たばこ屋は笑って、それらの品物を出した。


夏休みが終わった。周辺の界隈は突然目を覚ましたかのようになった。通りや広場や店にいる人々の数は増えた。車のクラクションが建物の間の小道に響いた。奇妙な騒ぎだった。

数日前からサトネー広場では、子供たちが毎日午後にサッカーをしていた。昨日、スタフと一緒に長い間それを見ていた。ぼくらは密かに彼らのうちの誰かがぼくらに近づき、「一緒にやろう」と誘ってくれるのを待っていたのだ。

誰も来なかった。ぼくらはテレビで連続ドラマを見るために家へ帰った。


「ほら、起きなさい。学校《イクール》に行かないと」母さんがぼくの肩を何度も叩きながら言った。

「今何時?」

「七時四十五分だよ。見なさい。お前の兄弟はみんな用意ができてるよ」

「放っておけばいいよ」スタフが言った。おれたちは行くから。

「それなら、行けばいいよ!」ぼくが言った。「どうでもいいんだ」

学校へ行くために、先生に対して自分が清潔だということを示すために晴れ着を着るという恐ろしい感覚。プラスチックのカバンや消しゴム、筆箱やブックカバーから発される強い臭いがぼくにはつらかった。

ぼくはしぶしぶ起きて、紳士みたいに身づくろいすると、朝食を取るためにテーブルについた。

「牛乳なら明日の朝飲みなさい」エンマが叫んだ。「髪をとかして、もう行きなさい」

外に出る前に、ぼくはガスコンロの上にあったガレットのかけらを取った。

「ほら、早く走って！」母はぼくの後ろでドアを閉めながら言った。

ブランダン伍長小学校は同じ名の通りの突き当たりにあり、家から二百メートル行ったところだった。歩道では、数人の少年少女たちがカバンを手に、同じ方向に向かって寂しそうに歩いていた。ここでは、シャアバのような学校へ向かう朝の熱意はない。大人が仕事に行くように、ぼくらも授業に向かうのだ。通りすがりには娼婦もいなければ、渡らなければならない橋もなく、学校の門の前では生徒たちが母親に連れられておとなしくチャイムが鳴るのを待っていた。ここじゃあ、ビガローやアガトは誰も知りゃしない！

「やっと来たのか」話し相手を見つけて喜んだスタフがぼくに言った。

ぼくが兄に近づいたとき、ぼくの後ろにいる誰かがぼくの目に手で目隠しして言った。

「だあれだ？」

こうした奇妙ななれなれしさに驚いたぼくは、見知らぬ人物に同じ質問を繰り返す間を与えず、すぐに振り返った。

「アリー！　びっくりしたじゃないか」まだ驚きから醒めないまま、ぼくが言った。

「ここで何してるんだ?」彼が訊いた。

「それが、今ぼくらはそこに住んでるんだ。ほら、アニキもいるよ。この学校に通うことになったんだ。ぼくは中級科二年生だけど、お前は?」

「今年初等教育修了を受けるんだ。でもどうしておれの家に会いに来なかったんだ? おれはラ・ヴィエイユ通りに住んでるんだ。すぐ近くだよ……」

「どこか知らなかったんだ……。でも会えてうれしいよ。ぼくら、ここに知り合いがいないんだ。誰も知らないんだよ……」

彼は微笑んで、ぼくを遮った。

「そんなの問題じゃないさ……」

チャイムが鳴った。彼は話を急いだ。

「くそ、もう鳴りやがる。いいか、夕方出口で会おうぜ。午後はおふくろが書類を書くのを手伝うのに市役所に行かないといけないんだ。いいか?」

「いいよ!」

男子の校庭に入る前に、ぼくは女子の入口にいるゾフラに気づいた。彼女は楽しそうにしている生徒たちのグループをおどおどした様子で見ていた。ぼくはちょっとかわいそうに思った。ぼくの視線にぶつかって、彼女は手で頑張ってというしるしを送ってきた。ぼくも同じようにそれを返した。

アリーとスタフが騒ぎの中に消える一方で、女性の叫ぶ声が校庭から聞こえてきた。

「中等科二年生はこっちに来なさい！」

それは新しい先生、ヴァラール先生だった。容姿をあまり引き立てることのない緑色っぽいブラウスに身を包んだ彼女は、小さく丸い眼鏡をかけ、薄すぎる唇にどんよりした顔色をしていた。

「それでは、私について来なさい」生徒たちが全員彼女の後ろに集まると、言った。

ぼくらは教室で席に着き、先生は自分の机の後ろに立った。そして、生徒たちの列を目で追った。

「かなりの生徒はもう知っている生徒だわね。去年の私のクラスにいたでしょう」

それから、ぼくの右の机を見て言った。

「アラン・タブールは今でもお兄さんから離れられないようね……」

あまりに肌の色が濃く、髪が縮れているのでぼくが同国人だと思った当人の二人は、ばかみたいに笑っていた。そんな名前なら、アラブ人ではないだろう。

先生は続けた。

「新しい生徒もいるようね!?」

彼女はぼくを見つめた。同じ列のすべての頭が好奇心をもってぼくの方へ向けられた。

ヴァラール先生はぼくの血統を確かめるために、おそらくグラン先生が送ったのに違いないぼくの成績簿を手に取った。

「あら！　あら！　この中には小さな天才児がいるようね！」

ぼくは目を伏せ、先生は別のことを話した。ぼくは窮屈に感じた。


「それで？　今日はどんな日だった？」出口に来てぼくを待っていたアリーが訊いた。「お前、おれのダチのババールと同じクラスだって知ってるか……!?」

「いや。知らなかったよ。今朝この辺りじゃ誰も知らないって言っただろ……」

「あれ！」アリーが続けた。「ほら、ババールがいる」

アリーはぼくを紹介した。

「おれのいとこのアズーズだ。前一緒に住んでたんだ」

「お前なら教室で見たよ」ババールが言った。「一人で座ってたな」

ぼくは説明した。

「まだ誰も知らないんだ」

ババールは言った。

「そんなこと知ってるよ。それに、先生がお前のことをばかにしてただろ。気をつけろよ。あいつは卑怯者なんだ。おれに対しては、あいつはぶちキレないんだ。どうしてか知らないけど。あいつはおれがいい加減《フュミスト》だって言うんだ。でもどうしてそんなこと言うのかわからないよ。おれはタバコを吸ったことがないのにさ〔喫煙者（フュムール）と混同している〕……」

アリーが言った。

「もしあいつがあんまりウザいようだったら、おれに言うんだぞ。あいつの車のタイヤを四つともパンクさせてやる。どの車か知ってるんだ」

ババールが笑いながら言った。

「明日おれはお前の隣に座るよ」

ぼくはそのアイディアに大賛成だと言った。

「これから何する《ブランル》んだ？」アリーが訊いた。

「ぼくが何だって⁇」ぼくは驚いて訊いた。

「何する《フー》って意味だよ」

「家に帰るよ。兄がもう帰ってるから、そうするしかないんだ。兄と一緒に帰らないといけないんだよ。さもないと親父がぼくの頭の皮を剥ぐからな……」

「じゃあ、送っていくよ。そうすればどこに巣《クレッシュ》くってるのか、おれたちに見せられるだろ……」

ぼくは驚いた顔をした。アリーが言った。

「どこに住《アビット》んでるのかってことだよ……。くそ、お前どこで言葉を覚えたんだよ？」

アリーとババールは親しみをこめてぼくの無知をばかにした。

「お前の父さんと母さんだろ？」いとこが言った。

「まあね」ぼくは言った。「そんなとこかな。親父はシャアバを出たくなかったんだ。今じゃ後悔してるよ……」

「ここはシャアバの小屋よりもいいよ。そのうちわかるから。慣れるしかないさ」

ババールがぼくをさらに勇気づけた。

「おれたちの友だちみんなと知り合いになれるよ。そうすれば、独りぼっちじゃなくなるだろ……」

少しずつ心地よい陶酔感がぼくを満たした。孤独も終わり、テレビ三昧の一日も終わりだ。ブランダン伍長通りを進む途中、ぼくらはアリーとババールが知っている子供《ゴーン》たちに何度か会った。二人はぼくを紹介した。ぼくはアリーのいとこであることに誇りを感じた。彼らがぼくにマルティーヌを紹介したとき、ぼくは少し赤くなった。アリーは女の子たちを前にぜんぜん躊躇せず、ババールよりもずっと慣れているようだった。そして、彼女がぼくらの後ろに姿を消した後、ぼくに言った。

「あいつはずいぶん前からおれにつきまとってるんだ。気に入ったか?」

ぼくは彼女の金髪はすばらしいと答えた。

彼は言った。

「それだけか?」

家に着くと、アリーはぼくの両親にキスし、若い娘に対して取るべき態度にのっとって、姉に手を差し出した。ババールは入りたがらなかった。そして、言った。

「廊下で待ってるよ」

そこで、父はババールを連れてくるために出て行き、言った。

「モーヒトリ!　モーヒトリ、こーひー、ノム。コワクナイダロ?」

ぼくらが父のなまりを笑っていると、非常に気まずそうなババールがぼくらに合流した。

ぼくらは長居しなかった。彼らはお別れを言い、ぼくらは外に出た。

「見えるだろ、あそこがラ・ヴィエイユ通りだ。遠くないだろ」アリーがぼくに言った。

確かにその通りは学校から目と鼻の先だった。そして、その敷石と灰色とトラブールのせいで他のすべての通りに似ていた。三番地の前で、ぼくらは特に何か待っている様子もなく座っている子供《ゴーン》に出会った。

「こいつはカメルだよ」アリーが言った。

ぼくが手を差し出すと、彼がぼくに訊いた。

「アルジェリアのどこ出身だ？」

「セティフだよ。君は？」

「オランだ」

ぼくらがまるで長年の友だちのように一緒に話していると、九月の赤い太陽がソーヌ川の河床の向こうに消えるにつれて、他の子供《ゴーン》たちがぼくらに合流した。ブージードが家で待っているということに気づいたときには、真っ暗になっていた。そこで、喜びに酔いしれて、ぼくは歩道から歩道へと通りを走った。それは、頭皮を失う恐れからではなく、今では自分が本物のゴーンになったからだ。

家では、ブージードがまったく喜びに酔いしれずに待っていた。

「どこにいたんだ、ばか者《ザルブリ》」彼はぼくを怒鳴りつけた。

自信を持ったぼくは答えた。

「アリーといたんだよ、アブエ。アリーの家に行くってさっき言ったでしょ」

「ハッルーフめ、ついにお前は外でうろうろするようになったんだな！」

ぼくは母に話しかけて、気をそらそうとした。

「エンマ、アリーのお母さんがよろしく言ってたよ……」

母は言った。

「さあ、こっちに来て食べなさい！」

すると、頭皮剥ぎが大声で結論を下した。

「食べるだって？　食べるだって？　今晩はこいつに食べ物はなしだ。外にいる友だちと食べに行けばいいだろ。まだ毛も生えていないのに、こいつが八時に帰るようになるものなら、そのうちおれたちに命令するようになるぞ……」

そして、ぼくの方に向くと言った。

「サア、ヘヤニキエウセロ！　ハッルーフ！」


「お前はアラブ人なのか、それともユダヤ人なのか？」休み時間に年上の方のタブールがぼくに訊いてきた。

学校が始まってから、彼がぼくに直接話しかけてきたのは初めてのことだった。弟がいつものように彼のベルトに貼りついていた。ババールがぼくと一緒にいたら、ぼくは彼らを恐がることなんてしなかっただろう。だが、今朝ババールは学校に来ておらず、ヴァラール先生、それから今ではタブール兄弟を前にして、ぼくは自分を弱く感じた。

この恐ろしい質問が発されてから、ぼくは自分の答えが招くことになる千通りの結果について一瞬にして考える時間があった。ためらっているという印象を与えてはならない。

「ぼくはユダヤ人だ！」ぼくはきっぱりと言った。

二人のタブールは満足している様子だった。ぼくは彼らがユダヤ人だと知っていた。なぜなら、もはやテレビではアラブ人とイスラエル人の間の第三次中東戦争のことしか話題にしていなかったからだ。そもそも、兄が弟を可能な限りひどく罵ろうとしているときには、「汚いアラブ人」扱いしていた。これは、ブージードがぼくらを単に「ユダヤ人」扱いするのと同じだった。彼は清潔さに関する指標をそこにつけ加えなかった。

ぼくは自分がユダヤ人だと言った。というのも、タブールたちは二人で、先生のことも他のたくさんの生徒たちのこともよく知っていたからだ。もしぼくがアラブ人だということを告白したら、もちろんババール以外だが、みんなぼくをのけ者にしただろう。それに、あそこの砂漠では百万人のイスラエル人が数百万人のアラブ人を敗走させたともタブール兄弟は言っており、ぼくは自分の中で侮辱されたような気がしていた。それなら、ぼくがユダヤ人だった方がいいではないか。

「どうしてアズーズっていう名前なんだ？」このベルベル語〔アラビア語が伝わる前から北アフリカで話されている言語〕の響きの名前に驚いたアランがぼくに訊いた。

「ぼくの両親はアルジェリアで生まれたからさ。それだけだよ。だから、ぼくはこの名前なんだ。でもぼくはどのみちリヨンで生まれたから、フランス人なんだ」

「へえ、そうなの!?」当惑したアランが言った。

幸いなことに、ぼくは鐘に救われた。チャイムがぼくらを勉強に呼び戻したが、これからの日々はやばいことになりそうだ。


それはある日の五時頃に起こった。ヴァラール先生がぼくらを学校から解放したばかりだった。ぼくは二人のユダヤ人同胞がそばにいる中、通りの歩道に向かっていく階段を降りているところだった。母親たちが何人か、自分たちの子供《ゴーン》を待っていた。突然、見るに耐えられない場面が門の枠の内を埋めた。そこの歩道に、他の女たちの真ん中にはっきりと、足首までの長さのビヌワール、緑色のスカーフで隠した髪、普段よりももっと目立つ額の入れ墨が見えた。エンマだった。母さんをユダヤ人だと思わせることも、ましてやフランス人だと思わせることも絶対に無理だった。彼女はぼくに自分の存在を知らせるために手で合図した。そのとき、アランが自分の片割れに言った。

「見ろよ、お前を呼んでるぜ、アラブ人！」

それから、二重の高笑い、もっとも破廉恥な笑いをした後で続けた。

「お前の奥さんか？」

そして、ぼくから数センチメートルのところでますます大笑いした。シナイ半島の砂漠で罠に陥ったエジプト人のように、ぼくは罠に陥り、黙っていた。彼らが遠ざかるのを待つために、ぼくは靴紐を結ぶ振りをした。そして、彼らがぼくに背を向けているときに、ぼくは母に腕で素っ気ない断固とした大きいサインを送った！ ぼくは目と手と体全体を使って立ち去るよう、他の場所へ行くよう哀願するために母に話しかけた。まず、彼女はぼくの身振りが全然理解できずに微笑み、ぼくに向かって腕を振り続けた。それから、ぼくが怒りの動きを激しくするとともに、その微笑みが唇から消え、その腕は下がり、その体は硬直した。最終的に、母は後ろに下がり、車の陰に隠れに行った。救われた！ その間、他のお母さんたちは自分たちの子供を見つけ、キスを交わしていた。

「じゃあな！ また明日」タブール兄弟が言った。

「また後で」ババールがぼくに言った。「ラ・ヴィエイユ通りで！」

「ちょっと。待って！」ぼくは彼に言った。「お前と一緒に行くよ」

エンマはまだ車の列の陰で息子を待っていた。ぼくは母の方へ目をやった。かわいそうな母は動かないでいた。そして、ぼくが自分とは反対の方向へ向かうのを見て、ぼくがまったく会いたくないのだということを母はやっと理解した。それから、母は家へ帰るためにブランダン伍長通りを一人で歩き始めた。

「じゃあな」ぼくはババールに言った。「やっぱり家に帰るよ」

ババールは何がなんだかわからないでいた。ぼくはエンマの方に走り、二跨ぎで追いついた。

「どうして学校の前でぼくを待ってたの？」ぼくは母に容赦なく質問をぶつけた。

「おやつを持っていくためだよ。ほら、お前のためにブリオッシュ《ブリウシャ》とチョコレート《リ・シクラ》を買ったの。食べる？」

彼女はポケットからそっとブリオッシュを取り出した。

「いいよ、いらない。お腹すいてないし、それに学校の前でぼくを待ってほしくないんだ」

彼女はぼくが激怒していることに驚いたようだった。それから悲しそうに訊いた。

「どうして？」

「ぼくはもうちっちゃい子供じゃないんだ。大きいんだから家に一人で帰れるよ」

「もう学校の前におやつを持っていくのはやめるから、怒らないでおくれ」

ぼくらは数メートルの間並んで歩いた。それから、彼女は立ち止まってぼくの目をまっすぐ見て言った。

「あたしのことが恥ずかしかったんだろ？」

ぼくは言った。

「違うよ！　何を言ってるんだよ？」

「お前がこんな風に叫ぶのを見るのはいやだよ。見て。みんな見てるじゃないか」

「どうして母さんのことをぼくが恥ずかしがってるなんて言うの？」

「あたしがフランス人には似てないからだよ。それにあたしのビヌワール……」

ぼくは彼女の言葉を遮った。

「違うよ。そうじゃないよ。ぼくがちっちゃい子供であるみたいに学校の入口の前で待たないでほしいって言ってるんだよ。ぼくのクラスの友だちを見てよ。誰も待ってないだろ！」

「そう、そう。お前は正しいよ」彼女は言った。「あたしのせいだよ。ちょっと外の空気を吸いたくなってね。それでお前の学校《イクール》に持っていくためにおやつを買おうと思ったんだよ」

「それ、ちょうだい、エンマ。お腹すいた」

彼女はぼくにパンとチョコレートを渡し、ぼくらは家まで歩いた。深い屈辱感がぼくの食欲を減退させた。

ヴァラール先生はクラスの順位を発表するとき、喜びをひきのばした。性悪女め！

「アズーズ君、三十人中十七番……。かつての小さな天才にしては大したことないわね……」

すると、まったく屈辱的なことに、ぼくは教室の真ん中で泣いてしまった。彼女はつけ加えた。

「一番に慣れてたのかしら⁉」


家では、ぼくが以前シャアバにいたときに本を読んでいたのとは違って、通りの不良どもと一緒にあまりに頻繁にうろうろしているから、学校で勉強しなくなったのだと父は言った。ぼくが十七番になったのは、ヴァラール先生のせいだということを父は理解したがらなかった。そこで、ぼくは外に、ラ・ヴィエイユ通りに逃げた。帰ったときに面倒なことになるのは仕方ない。

カメルは自分の自転車の後輪を直しているところだった。

「やあ、カメル！」

「やあ。元気？」

「元気だよ。一人なの？」

「うん」カメルがぼくに答えた。「でも他のやつらが来るのを待ってるんだ。農家のところまで自転車で行くんだ。お前も来るか？」

「何でさ？　チャリンコ《ブラック》がないんだ」

「何だって！　チャリンコ《ブラック》がないのか？」驚いて彼が言った。

それからすぐに言った。

「ほしいか？」

「何だって？　ほしいかだって？　くれるのか？」

「余計なことを気にするなよ。このくそタイヤを直し終わったら、自転車を探しに行こうぜ」

数分後、ぼくはらサトネー広場の方へ向かった。この時間帯は通りに誰もいなかった。お昼どきなのだ。

「どうするつもりなんだ、カメル？」

「チャリンコ《ブラック》をちょうだいするのさ。ほしいんだろ？」

「ああ。もちろんほしいけど、ぼくは泥棒じゃないよ」

彼は爆笑した。

「おれもだよ。どのみち、自転車をちょうだいするのはおれじゃなくてお前だ。おれは見張りをする。それだけだ」

ぼくらは広場の中央にあるブランダン伍長像の足下に近づいた。そこには複数の自転車と原付自転車がとめられていた。落ち着いた様子で、カメルはぼくに指ですばらしい赤いロードバイクを示した。

「こいつだ！」彼が言った。「行け。見張ってるから」

「でも南京錠は？　どうやって外せばいいんだ？」

彼はぼくがためらっているせいでいらいらし始めた。

「簡単だよ。南京錠をこうやって持つんだ。指の間で回せば、外れるよ。このがらくたは全然役に立たないんだ。やればわかるよ」

「できないよ」

「怖いのか？」

「すごく」

「じゃあ、ずらかろう」彼が言った。

ぼくはまだ一瞬ためらっていた。

「いや。ちょっと待ってくれ。やってくる」

「わかった。じゃあ急げよ。さもないと見つかっちまうぜ」

彼は少し離れて背中を向け、辺りを見回した。泥棒の恐怖がぼくの腹を締めつけ、ぼくの指は恐ろしい震えでがたがた揺れた。ぼくは自分の足の感覚が感じられなくなっていた。南京錠を手に取ると、あらゆる方向にねじった。自転車は激しい音を立てて倒れた。カメルが振り返った。

「何してやがるんだ？」彼は笑いながら訊いた。

「壊せないんだ！」

「もっと力を入れろ！」

ぼくは押す力を強めた。すると、掛け金が両側とも壊れ、錠はついに外れた。

「やったよ、カメル！」

広場を気が狂ったように走りながら、ぼくが自転車に乗る一方でカメルは荷台に飛び乗った。

「もっと速くこげ！」カメルが叫んだ。「おれたちの後ろを走ってくるやつがいるぞ！」

速度をこれ以上あげるのは不可能だった。ぼくの体はコチコチだった。

「そいつはどこだ？」ぼくは振り返って言った。

カメルは噴き出した。

「冗談だよ。怖かっただろう、なあ？」

「そんな冗談を言うなんて、お前はばかだ」

「さあ、進め！　ちょうだいするのが簡単だってわかっただろ」

ブランダン伍長通り。ぼくは自分の家の小道の中央の庭に入った。助かった！　すぐに赤い自転車は黒になった。もうぼくのものだ。

「さあ、来いよ！　これからラ・ヴィエイユ通りに戻ろう。ところで、別の南京錠を買わないとな」

「ああ」ぼくは答えた。「盗まれたらばかばかしいからな」


「お前たちにはいい気味だ。出ていきたがったんだからな……。これからは、おれなしで勝手にしろ」

ここに住むようになって数カ月経つが、ぼくらに何か問題が発生するたびに、この脅しが親父の口に上るのが慣例になっていた。先週は大変だった。無駄遣いを怖れて家族手当を全額自分のふところにしまい、母に一銭も渡さなかったのだ。ぼくらは食料品店で牛乳しか買わず、節約するためにエンマは毎日セモリナ粉のパンを焼いた。昨夜、仕事から帰ってくると父は意地悪く脅した。

「もうすぐだ。おれはシャアバに戻る。食いっぱぐれたくないやつはおれについてくればいい……」

そして、数分後に父は出ていった。ぼくらは彼がビニール袋を取ると、その中に何着かの服や食べ物をごちゃ混ぜに詰め、シャアバへの巡礼に出かけるために何も言わずに去っていったのだ。エンマは冷静で、泣かなかった。おそらく、父が数日後にまた戻って来ることを知っていたからかもしれない。それどころか、父がいなくなった後、母の緊張はほぐれてさえいた。そして、それはぼくらも同じだった。父の後ろにドアを閉めながら、エンマは叫びさえした。

「あんたの不潔なシャアバにくたばりに行けばいいさ、放浪者め！」

予想通り、父は土曜日に戻って来た。おそらくは自分が帰ったことを知らせるために大きな音を立ててドアを開き、直接居間へ向かった。ぼくらはエンマに身を寄せてソファーに座り、テレビを見ていた。ぼくらのうちの誰も動こうとしなかった。何秒かの時間が非常に長く感じられた。それから、かすかに父の唇に微笑みが、目には輝きが見られた。父は袋を手にしたままぼくらを凝視し続けており、ぼくらはその態度に驚愕していた。エンマはそれでも父の方を見なかった。父は微笑み始め、それからはっきりと笑い始めた。まるで家庭を捨てることが単なる遊びでしかなかったとでもいうように。ゾフラがまずくすくす笑い始め、それからぼくらみんながそれに続いた。エンマが一番最後だった。

「それで？　飢え死にしなかったのか？　おれなしでやっていけるんだな……簡単に」父が言った。

誰も答えなかった。それから、ゾフラに向かって言った。

「コーヒーをいれてくれ」

ゾフラは何も言わずに言われた通りにした。

テレビであのキスシーンがなかったら、ぼくらは間違いなく楽しい夕べを過ごしたに違いない。ところが、ぼくらみんなの目の前であの助平な俳優が女の舌に触れたがり、そいつはブージードには耐えられなかった。そして、ブージードは再びかっとなった。

「この不潔なやつを消してくれ！　ここは通りじゃないんだ⁉」

ぼくらのうちの誰も動かなかった。すると、父はテレビに走り寄り、適当にボタンを押した。それは音量調節だった。それから、二番目のボタンを押した。それは色調調節だった。すると、狂気にとらわれた父がコンセントを引き抜くと、家全体の電気が飛んだ。完全な暗闇となり、状況は滑稽だった。スタフが冗談を言い始めた。

「笑ってる代わりにろうそくを取りに行け、ハッルーフ！」父はわめいた。

「ろうそくはないよ！」これまで黙っていたエンマが言った。

「それじゃあ仕方ない。電気《トリジティ》の節約だ。おれはテレビ《チリフィジウ》がついているのはもう見たくない……。わかったか？　まずは売ってしまおう……」

心配したスタフがぼくに近づいてきた。

「パパは頭がおかしくなっちゃったんだよ」ぼくに言った。

ぼくは何も言えなかった。そもそも、父の機嫌が急に変わることに、ぼくは驚かなかった。ゾフラがぼくらのところに来て、つけ加えた。

「夜でも電気はつけちゃいけない。トイレの水は何度か使った後でしか流しちゃいけない。テレビをつけちゃいけない……。こんなのうんざりだよ！」

「永久にシャアバに戻っちまえばいいのに」スタフが言った。

次の週末、ブージードは再びシャアバへ戻った。庭の手入れをするため、と言い訳して。もちろん、そりゃそうだろうよ！

ぼくはブランダン伍長小学校での六月をやっとのことで終えた。

先生は一年の総括をするために、ある土曜日に保護者会を開いた。そして、家でサインしてもらわなければならない紙をぼくら全員に渡した。ぼくはそれをカバンに入れたままにした。もし父に渡せば、いろいろな質問をしてきて、保護者会に出席するといって聞かないだろう。ぼくはそれだけのために父に仕事を休んでほしくなかった。それに、何を理解できただろう？　何を先生に言っただろう？　父はまるで聾者のように話を聞き、頭を上下に動かしてわかっているふりをしただろう。ヴァラール先生はすぐに彼の状況を理解しただろう。ぼくは父をこのような状況にさらしたくなかった。

ある夕方、先生はぼくを教室に残した。彼女がぼくの両親が欠席していることについて尋ねたので、父は土曜日も働いているとぼくは答えた。

「お母さんは？」彼女は続けた。

ぼくは母は病気だと答えたが、先生はまったく信じていない様子だった。彼女がぼくに「鳥肌を立たせない」話し方で話すのは初めてのことだった。そして、ぼくの家族について質問した。父は左官で、母は何もしていないとぼくは答えた。それから、何歳でぼくがアルジェリアから来たのか彼女は訊いた。すると、ぼくは自分が生まれたのはリヨンで、エンマとアブエが言うように一番大きい病院のグラシュ・ブラシュ〔グランジュ＝ブランシュ病院のこと〕でだと、誇りをもって教えた。それから先生は微笑んで、六年生〔五年間の初等教育を終えた後の、中等教育の一年目〕になるのはうれしいかと訊いた。レオ・ラグランジュ小学校のぼくの先生、グラン先生がぼくは高校〔現在の中等学校に相当する〕、に行けるだろうといつも言っていたとぼくは答えた。彼女は笑い、ぼくは自信がありすぎると考えた。ぼくは大勝利者として教室から出た。

タブール兄弟が通りでぼくを待っていた。

「どうだった？　何を言われた？」兄が訊いた。

すぐにもう一人が口を挟んだ。

「六年生になるのか？　どの高校に行くんだ？」

ぼくは非常に簡潔に答えた。

「サン＝テグジュペリ高校だよ」

彼らの両親が自分たちを神父のいる私立の学校に送ることにしたと兄の方から聞いたとき、ぼくは深い喜びに満たされるのを感じた。タブール兄弟によって強制的にコーランをトーラーに交換させせられてからというもの、ぼくは彼らと一緒になるたびに自分を呪っていたのだ。

別れの前に、彼らはぼくを家に招こうとした。ぼくは母が家で待っていると答えた。別れ際に、ぼくは彼らに地中海アクセント一杯にして「サラーム・アリクム」を彼らに投げかけた。二人ともぼくをアラブ人だと取り違えるほどだと言って、爆笑した。ぼくも笑った。

ぼくが家に着いたとき、父はもう仕事から帰っていた。ぼくは落ち着いて父に知らせた。

「アブエ、ぼく六年生になるよ！」

父はぼくにおめでとうと言ったのち、六という数字に当惑し、ゾフラの方を向いた。

「何なんだ、六《シジム》って？」

彼女は答えた。

「大きい学校《イクール》のこと……」

父は日曜日の朝、ぼくを蚤市に連れて行くことを約束した。ぼくはテレビを見る許可を求めた。

許可は与えられたのだ！


サン＝テグジュペリ高校は家から十五分で、クロワ＝ルースに位置していた。授業開始初日、学校へ向かうバス停で、不安と興奮がぼくの頭の中で混じり合っていた。昨夜、エンマは緑色のたらいの中でぼくを冷蔵庫のように磨いた。ぼくの肌は白かった。ぼくと一緒にバスを待っている他の生徒たちは当惑し、恥ずかしそうで、ぼくと同じぐらい白く、ときどきぼくを見ていた。

バスはテルム通りとの急な曲がり角に鼻面を現した。「クロワ＝ルース墓地」には行かないバスだ。このバスではない。一人の生徒が乗り、ドアが閉まった。バスが発進すると、誰も自分と一緒に乗らなかったことに気づいて生徒は驚いた。この生徒は遅刻するだろう。

数秒後に、「墓地」行きが満員でやって来た。歯にひびが入るような音を立てて、ぼくのいる場所にバスは巨大なタイヤを止めた。ぼくはよじ登ろうした。すると、一人の老女がぼくのカバンをつかみ、後ろに引っぱると、罵った。

「行儀が悪い子ね。あたしが年寄りだってわかるでしょ!」

ぼくは譲り、改めて乗ろうとした。

「満員です! 満員です! 次のバスに乗ってください。次のが来ますから」車掌が叫んだ。

ぼくは途方に暮れて、二歩下がった。幸いにも、次のバスが鋭いクラクションを鳴らしてやって来た。中は生徒で、おそらくサン=テグジュペリ高校の生徒で一杯だった。やっとのことで、バスはクロワ=ルースの丘にたどり着いた。

「エノン!」運転手が知らせた。

すると、大量のカバンがバスから降りた。ぼくはその波に身を任せた。

高校はバス停の目の前にあった。威厳のある建物だった。ぼくは、ずっと前から知り合いの様子で、夏休みのことを話している三人の生徒のそばを一人で歩いた。ぼくは彼らと一緒に巨大な中庭に入った。壁に貼ってあるリストの前では、十人ほどの生徒たちが押し合いへし合いしていた。それから、誰かが叫んだ。

「やった！　ぼくたち一緒だよ」

他の生徒たちは、ぼくと同じように無表情だった。哀れみを誘わないためによく知っているふりをするよう努力しつつ、ぼくは自分の名前を探した。そこだ！　六年生Bクラス。一一〇番教室。ぼくは自分の後に続く名前をちらりと見た。六年生Bクラスには、同郷の生徒はいなかった。後ろを振り返ると、中庭では百人ほどの生徒がチャイムが鳴るのを待っていた。ぼくから離れたところにある最後の名前のリストの前に「巻き毛」の生徒が見えた。彼もぼくに気づき、一瞬ぼくを見たが、目をそらした。かわいそうに、ぼくと同じぐらい途方に暮れているに違いない。彼がまたぼくを見たので、ぼくは頭でかすかな合図を送った。彼もぼくにかすかに答えた。

八時のチャイムが鳴った。中庭に散り散りになっていた生徒たちは柱の前に並んだ。六年生Bクラスの生徒たちは今や全員集まっていた。突然、ぼくはシャアバのこと、レオ・ラグランジュのこと、毎朝門の前で会い、門番が校門を開けるのを待つ間「おはよう！　お前のビガローを置けよ！」とぼくがビー玉をたくさん持っていたときに言ってきた生徒たちのことを夢見始めた。ノスタルジーがぼくの胸を締めつけた。列では密かな目配せが交わされ、ぶつかり合っていた。ぼくはどこを見たらよいのかわからなかった。そこで、すでに千回見た名前のリストを眺めた。校長が自己紹介し、これから肝心なことが始まると言い、教室に行って担任の先生に会うようぼくらに言った。ぼくはグラン先生のところにとても戻りたかった！

「教室、どこだか知ってる？」ぼくらが階段を上っているときに、一人の生徒がぼくに訊いてきた。

「ううん」ぼくは答えた。「この学校は初めてなんだ」

「ぼくもだよ」彼は続けた。「どこから来たの？」

この質問にはちょっと驚いたが、ぼくはすぐに答えた。

「ぼく、リヨンで生まれたんだ」

「違うよ。ぼくが言いたかったのは、どこの学校に去年いたのかってことだよ」

「ああ！　どこの学校かって……？　ブランダン伍長小学校だよ。テロー広場の近くの」

「知らないな」その生徒は答えた。「ぼくは前はパリにいたんだ。両親がリヨンに引っ越したんだよ」

「へえ！」ぼくは驚いたふりをして答えた。

彼は続けた。

「ぼく、アラン。君は？」

「ベガーグ」歩き続けながら、ぼくは言った。

「この学校に友だちいる？」

「ああ、もちろんだよ。たくさんいるけど、ぼくらと一緒のクラスじゃないんだ」

「ぼくは誰も知らないんだ。君の隣に座ってもいい……？」

「そうしたいなら、いいよ」

　彼の目に希望の光が再び生まれた。

「また一人途方に暮れたやつだ」ぼくは思った「ぼくと同じだ」ぼくらは延々と続く廊下を通った後で一一〇番教室に着いた。教室のドアは開いていたが、担任教師はまだいなかった。数人の生徒が中に入った。ぼくは途方に暮れたパリジャンと一緒に彼らに続いた。

「どこに座る？」パリジャンがぼくに訊いた。

　前の方の席は、すでに席についている生徒たちから見捨てられていた。

「そうだな」ぼくは言った。「二列目に座ればいいんじゃないか」

「そりゃ、ぼくには都合がいいや。眼鏡のせいで何も見えないんだ」

　しばらくすると、教師がすさまじい勢いで教室にやって来て、ぼくらの顔一つ一つに眼差しを正確に投げかけ、自分の後ろでドアを閉めた。それから、ぼくらに微笑んで挨拶し、教壇の上の自分の席についた。そして、教室の奥に二人ずつ座った生徒たちを見つめ、言った。

「私が怖いかね？　一番前の席に来なさい」

全員言われた通りにし、二人の生徒がぼくらの前の席に座った。

「この方がよくないかね？」教師は少々皮肉な調子で言った。

「はい、そうです、先生」自分に質問が投げかけられたと思った一人の生徒が答えた。

「私の名前はエミール・ルーボンだ。（そして、それを黒板に書いた。）私は君たちの担任で、フランス語の教師だ。毎週月曜日の朝、私たちはこの教室に来ることになる」

それから、彼は高校ではどのようにものごとが進むのか、授業はどのようにおこなわれるのか、そして時間割について説明した。それから、ぼくらをよりよく知るために質問票に記入するようぼくらに言った。

「まず苗字と名前、住所、お父さんとお母さんの職業、兄弟の数を書きたまえ……」

角張った顔、幅の広い顎、整った口、浅黒い顔に丸く茶色い目をしたルーボン先生は魅力ある人物だった。髪は焦げ茶色で、量が多く、ところどころ白く、それが少々年を取った印象を与えていた。

すべてがうまくいくとすぐに確信できる先生というのがいるものだ。ルーボン先生はこの手の先生だった。その一方で、他の先生、ヴァラール先生のような先生もいる。この手の先生とは最初の接触で、ぼくらは学校が嫌いになる。この人たちは頭の中に疑いを植えつけるものだ。ぼくらはどうして彼女がぼくらを嫌うのか自問する。だが、ぼくはどうして彼女に恨まれるのかわからない。アラブ人だからだろうか、それとも顔つきが気に入らないからだろうか？　でも、ぼくは感じのいい顔をしているし、鏡でよく見るが、おもしろい顔だと思う。だが、あきらめなくてはならない。全員に好かれるのは無理なことなのだ。

ぼくが質問票を記入している間に、先生は書き終わった生徒の紙を集めるために、机の間に降りた。ぼくの列に来ると、ぼくの名前を見るためにぼくの肩越しに頭を傾けた。ぼくは振り返った。その瞬間、ぼくらの視線が出会い、混じり合った。ぼくはこの男の奥に、ぼくと似ている何か、ぼくらを結びつけている何かがあると感じた。何と言ったらいいのかはわからない。先生は自分の机に戻ると、質問票とそれに合った顔を見つめ、ときには細かい点についてコメントし、より詳細な情報を求めた。そして、ぼくの質問票を手にしてぼくを見つめた。ぼくは自分のことについてすべて言わなければならないこうした状況が嫌いだった。ほうら、ぼくに質問してくるぞ。

「君の名前はアラビア語でどう発音するのかね？」先生は親しげな調子で訊いた。

ぼくは一気に自分が空っぽになったような気がした。幸いにも、タブール兄弟はこのクラスにいなかった。さもなければ、何と答えられよう？　ぼくはアラブ人じゃないと？　もしかすると、別のタブール兄弟がぼくの周りにいるのではないだろうか？　先生は答えを待っていた。今やサーカスの動物のようにぼくを観察しているここにいる生徒たちみんなの前で自分の正体を明かしたくないと、どうしたら言えるだろう？　ぼくは先生にこう言いたかった。先生、ぼくはあなたが考えているような者ではありません。しかし、それは不可能だった。ぼくは先生がすでにぼくのことをすべて知っているような気がした。それでも、ぼくは答えた。

「アズーズと言います、先生」

「君はアルジェリア人かい……!?」

「はい、先生」ぼくは恥ずかしそうに答えた。

今やぼくは罠にはまっていた。いかなる出口もなかった。

「どの地方から来たのかね？」

「セティフです、先生。とは言っても、それは両親のことです。ぼく自身はリヨンのグランジュ＝ブランシュ病院で生まれました」

パリからの移民であるぼくの隣の生徒は、ぼくの唇に鼻をひっつけていた。最初から、彼は注意深くぼくの話を聞いていた。ぼくは彼に叫びたかった。「お前はもう部知っている。満足だろ？それなら、こんな風にぼくを見るのをやめてくれ」

「ヴィルユルバンヌに住んでいたのかね？」ルーボン先生は続けた。

「はい」

「正確にはどこかね？」

「モナン大通りです、先生」

「環状道路の小屋かい？」

先生の直感に驚き、また先生がシャアバとぼくが小さいときから暮らしていた汚さを知っているという考えに恐れをなしつつ、確かに小屋に住んでいましたとぼくは答えた。その方がすがすがしかった。

「どうして君の両親は引っ越したんだい？」

「知りません、先生」

それから、頭の中で思った。「こいつはずいぶん好奇心旺盛だな」

教室に数秒間の沈黙があった。ぼくはもう絶対に自分のサラセンの出自を隠せないと、そしてエンマは高校の出口でぼくを待つことができると思った。それから、彼女がもう絶対に来ないということに気づいた。もう取り返しがつかないのだ。

ルーボン先生がまた話し始めたが、今度は自分のことを話すためだった。

「私もアルジェリアに住んでいたのだよ。トレムセンにね。オランの近くだ。知っているかね？」

「いいえ、先生。ぼくはアルジェリアに行ったことがありません」

「ほら、どうだろう。私はフランス人で、アルジェリアで生まれた。君はリヨンで生まれたが、アルジェリア人だ」

先生は微笑み、続けた。

「独立の後しばらくしてから、私はフランスに来たのだ」

「じゃあ、先生はピエ＝ノワール〔フランスから独立する前のアルジェリアに住んでいたフランス人を指す言葉〕なんですね？」ぼくは通ぶって言った。

「ああ、アルジェリアからの引揚者だ。ピエ＝ノワールとも言う」

それから、頭の仕草でぼくに自分の考えを言うよう促した。

「父はセティフに住んでいたとき、ピエ＝ノワールの主人のところで働いていました。それは父がぼくに言ったことです。主人の名前はバラルでした」

「お父さんはセティフで何をしていたのかね？」

「バラルの農園のジャーナリストでした……」

「ジャーナリスト？　農園で？」唖然とした先生が訊いた。

「はい、先生。一日中羊の番をしたり、馬の世話をしたり、畑仕事をしたりしていました」

先生は大笑いし、言った。

「ああ！　日雇《ジュルナリエ》いと言いたいのだね!?」

「わかりません、先生。父はいつもジャーナリスト《ジュルナリスト》だったと言っています。だから、ぼくは言われたことを繰り返しているだけです」

「違う、違う」先生が言った。「日雇い《ジュルナリエ》と言うのだよ。だが、知っているかね、ピエ＝ノワールが全員バラルのようにアルジェリアに農園を持っていたわけではないのだよ……」

ぼくは何も答えなかった。ぼくが知っていることといえば、父が「ビノワール」はアラブ人が好きではなく、特に父と一緒に工場で働いている者はそうだと言っているということだ。彼らはいつも工事現場のアルジェリア人に言うそうだ。「独立したがったのに、今じゃここに働きに来るのか！」彼らには理解できないのだ。ぼくにも理解できない。ぼくらは自分たちの故郷にずっと前から帰っているべきなのだ。

十時のチャイムが鳴った。フランス語の最初の授業が終わった。他の生徒と同じようにカバンに荷物をしまって、ぼくが教室から出ようとしていると、ルーボン先生が最後の質問を、今度はアラビア語で、家で話しているのと同じアルジェリアの言葉で話した。先生は言った。

「君はアラビア語がわかるかね？」

フランス語でぼくは答えた。

「はい、両親とはいつもアラビア語で話しています」

「じゃあ、さようなら。また月曜日に」先生は微笑んで言った。

エッフェル塔から移住してきたぼくの隣にいる生徒は、ぼくが神様でもあるかのようにぼくを観察していた。今度は、かれは唖然としていた。

「前から先生のことを知ってたの？」好奇心一杯でぼくに尋ねた。

「いや」ぼくは答えた。「会うのはこれが初めてだよ」

「何てこった！」彼は噴き出した。「君はついてるな！」

少しうっとうしいこの会話を打ち切るために、これからどの教室に行けばいいか知っているかどうか彼に尋ねた。彼は知らないと答え、それからつけ加えた。

「よかったら、また一緒に座らないか？」

「うん、いいよ」ぼくは言った。「とてもうれしいよ……」

「アズーズ君！〈モロッコ〉をアラビア語で何と言うか知ってるかね？」黒板に接続法に活用した動詞の文を書いている途中で、突然ルーボン先生がぼくに訊いた。

この質問にぼくは驚かなかった。すでに何カ月もの間、先生は授業中ぼくに自分のことや家族のこと、そして実際には知らないものの彼のおかげで日に日に発見しつつあるアルジェリアについて、ぼくに話させる習慣になっていたのだ。

　ぼくらが家で話しているアラビア語は、おそらくメッカの住民を真っ赤になって怒らせるだろう。例えばレ・ザリュメット〔マッチ〕を何と言うかご存知だろうか。リ・ザリミット。簡単で、誰もが理解できる。それでは、オートモビル〔自動車〕は？　ラ・トモビル。シフォン〔布巾〕は？　ル・シフーン。この方言は独特で、耳が充分に慣れていれば簡単に理解できるのがおわかりだろう。モロッコだって？　ぼくの両親はいつも「ロ」の音にアクセントを置いてエル・マロックと言っていた。だから、ぼくはルーボン先生に答えた。

「先生、モロッコはエル・マロックと言います！」

　まず、先生は少々驚いた様子だったが、続けた。

「エル・マグレブと言わないかね？」

「いいえ、先生。ぼくの父と母はその言葉を絶対に使いません。モロッコ人のことは、彼らはマロッキと言います」

　ルーボン先生は面白がって言った。

「文語アラビア語ではエル・マグレブと言って、こう書くんだ」

　先生は唖然とした生徒たちの目の前で黒板にアラビア語の文字を書いた。先生が書いている間に、ぼくは付け加えた。

「両親がこの言葉を言ったのを聞いたことがあります」

先生はぼくに言った。

「アラビア語ではモロッコのことを《日没の国》と呼ぶのを知らないのかい？」

「はい、知りません」

それから、数分の間授業を再開し、それからまたぼくに話しかけた。

「これがどういう意味か知っているかね？」

ヒエログリフを描きながら、先生がぼくに訊いた。

ぼくは知らないと答えた。アラビア語を書くことも読むこともできない、と。

「これはアリフ、Aだ。これはLでこれはまたAだ」先生は説明した。「では、これは何という意味だね？」

ぼくは答える前に一瞬躊躇した。

「アラです！」ぼくは言ったが、この言葉の意味はわからなかった。

「アラではない」ルーボン先生が言った。「アッラーだ！　アッラーが誰か知っているかね
……？」

ぼくは先生のベルベル語アクセントに微笑んだ。

「はい、先生。もちろんです。アッラーはムスリムの神様です！」

「ほうら、その名前はこうやって書くのだよ。どうだね。私は君とほとんど同じぐらい上手にアラビア語が話せるだろう」

先生は謙虚だった。ぼくの出自を説明し、アラブ文化に関するぼくの無知を証明した上で、ぼくと同じぐらい上手にアラビア語が話せるなどと言うとは！

ぼくの周りでは、放っておかれた生徒たちがこそこそ話していた。

ある夕方、授業の後でルーボン先生が少しの間教室に残るよう言ったので、担任教師にこれほどの注意を注がれることに少し困惑しつつも、生徒たちが全員出ていくのを待った。先生はぼくに近づくと、本を渡した。

「ジュール・ロワ〔アルジェリア生まれのフランス人作家。アルジェリアを舞台とした作品を残した〕を知っているかね？」

ぼくは本を受け取ると、開いて題名を読んだ。『太陽の馬』。

「いいえ、先生、知りません。（実際のところ、ぼくはジュール・ロワについて聞いたことがなかった）ジュール・ルナールなら知っていますが！」

「ジュール・ロワを知らないのかね？」

「はい、先生」

「それなら、その本を持っていきなさい。あげるから。ジュール・ロワは私たちのようにアルジェリア人なのだよ。アルジェリアの非常に偉大な作家だ」

「先生、この人はもう亡くなったんですか？」

「いや、まだだよ。今はフランスで暮らしている」

先生がこの特別な面談を終わらせるのを待って、ぼくは本をあらゆる角度にひっくり返した。先生は夢見るような眼差しで表紙を眺めた。今頃は生まれ故郷のアルジェリアにいるのに違いない。それからぼくを見ずに、わずかばかり悲しげな声で話を続けた。

「私はトレムセンで小学校教師だった。ああ！　トレムセンはすばらしい町だった。私のクラスにはアラブ人が一人しかいなかった。名前はナセルだった。ナセル・ボヴァビ。よく覚えているよ。それほど前のことじゃないからな。優秀な生徒だった……。君は？　将来何をしたいかね？」

「アルジェリアの大統領になりたいです、先生！」ぼくは自信を持って答えた。

「よろしい。よろしい。このまま続けなさい」頭を振って先生は言った。「さあ。もう遅い。行くとしよう」しばらく黙った後で、先生が言った。

「はい、先生」

ぼくらは教室を出て誰もいない高校の廊下を正門まで歩いた。正門には通学バスを待っている生徒たちがまだ数人残っていた。みんなぼくらを見ていた。別れ際に先生は言った。

「『太陽の馬』は持っていなさい。読むのに時間がかかるから。また別の機会に話そう。さようなら」

ぼくはさようならと言い、テルム通りまで降りていった。ぼくはルーボン先生とのこの親密な関係があまりにうれしかったので、家へ帰ると、ピエ＝ノワールの先生がアルジェリアのことが書いてある本をくれたと父に話した。

「それはいい先生《プルフィッスール》だ！」

それから、先生はアラビア語で書くことができて、生徒みんなの前で黒板にアッラーと書いたんだとぼくは言った。すると、アッラーが大好きな父は有頂天になった。

「アッラーは偉大なり！　全能者はすべての者の心をつかむのだ」

それから言った。

「明日、先生にクスクスを食べに我が家に来るように言うんだ」

「だめだよ、アブエ」ぼくは答えた。「先生たちとそんなことはできないよ」

父は驚いたようだった。それから反論した。

「どうしてできないんだ？　何も悪いことはない。先生のためにディフェン〔ワイン〕を一本買ってやろう。フランス人はアルジェリアのディフェンが好きだろう？」

「だめだよ。ぼく、恥ずかしいよ。そんなことしたら、他の生徒みんなに学校でばかにされるよ」ぼくは激しく拒否した。

ブージードは無邪気に結論を言った。

「じゃあ、ほら、お金をやるよ。ワインを買って持って行け」

ぼくはきっぱりと断った。すると、父はこれ以上の考えを思いつかなかった。こんな風に、ブージードとあまり長く議論しない方がいい話題がたくさんあるのだ。


「先生、先生！　遺産は司法書士のところで分配します。死ぬときには遺書を書いて、誰に財産をあげるか言い残しておきます」

「よろしい」ルーボン先生が褒めた。

それから、先生は指を挙げている別の生徒を見ながら言った。

「賛成じゃないのか？」

「いいえ、先生。でも死者が遺書を遺さなかった場合は、法律が遺産相続人全員の間で分配するって言いたかったんです……」

ルーボン先生はまた褒めた。今朝、先生は遺産についての討論を始めたのだ。ぼくはまだ発言していなかった。というのも、生徒が言っていることが全然理解できなかったのだ。ぼくらのところでは、すべてのものはみんなのものだった。誰かが死ぬと、残された者が利益を分け合うことはなかった。それは家族のものとなるというだけのことだった。討論から外れないために、ぼくは指を挙げた。

「先生、遺産は分配するものではありません。家族の中では誰かが死ぬと、一番年上の兄がすべての責任者になります」

抗議の渦が教室の中に起こった。生徒たちは噴き出した。ぼくは声を大きくして続けた。

「笑えばいいさ。でも、ぼくのうちではこうです。父は庭つきの小さい家を持っていますが、それはぼくたち子供みんなのものです。こんな風にものを分け合うことは絶対にありません！」

教室の後ろの方から不愉快な声が上がった。

「それは野蛮人がすることだ！」

この考えはみんなを巻き込んだ大騒ぎを引き起こした。他の生徒たちは発言を求めて指を空の方に向けた。ルーボン先生は冷然として黙っていた。そして、野蛮人という言葉を使った生徒を凝視した。教室を重い沈黙が支配し、指は下げられた。先生は陰気な顔をしていた。そして、しばらくしてから言った。

「クラスメートに謝りなさい」先生は静かに言った。

クラス全体が犯人の方を向いた。犯人は頭を靴の方に下げ、おずおずと「ごめんなさい」という言葉を口から引き出した。おそらくぼくと同じぐらいルーボン先生の反応に驚いていたに違いない。

「今から見開き二ページの紙を出しなさい。授業の残りの時間、書き写しなさい」先生は何の説明もせずに、断固とした調子で言った。

討論は終わりだった。それは少しぼくのせいだった。書き取りをしている間、ぼくは誰も見ることができなかった。今ではみんな、ぼくのことをどう思っているのだろう？　ぼくがゴマすりだと思っているのに違いない。レオ・ラグランジュ小学校では、クラスのアラブ人たちが自分たちと一緒でクラスのびりではないという理由で、ぼくを裏切り者扱いした。今度は、ルーボン先生とぼくがアルジェリアを共通項としているという理由で、フランス人たちがぼくの陰口をたたくようになるだろう。だが、ぼくは彼らを怖れてはいなかった。少し恥ずかしかったというだけに過ぎない。

あの屈辱をぼくは忘れることができなかった。前の週に家で書いた作文をヴァラール先生が戻したとき、先生はぼくの前で立ち止まり、引きつった笑いを唇の端に浮かべてぼくの目を見て吐き捨てた。

「あなたはいい加減ね。モーパッサンをずいぶん下手に真似て」

ぼくはまずこの言いがかりに愕然として赤くなり、それから他の生徒たちが噴き出す中、この非難に対して弁護しようとした。

「先生、ぼくはモーパッサンの真似などしていません。モーパッサンがこの話を書いたとは知りませんでした。前の学校の先生がこの話をしたんです」ぼくは無邪気にも抵抗しようとした。

すると、模倣であってもギー・ド・モーパッサンを見分けたことにあまりに満足していた先生は、こう叫んでクラス全員の前でぼくに恥をかかせた。

「その上、あなたは嘘をつくのね！　紙とインクのために二十点中一点にしたけど、零点にするわ。それがあなたにふさわしい点数だわ」

だが、そのときから十年ほど前、ある村の貧しい老人に起こった災難について話してくれたのはグラン先生だった。この老人は遅かれ早かれ何かしらに役に立つだろうという思いから、地面に落ちている切れ端なら何でも拾うというくせがあった。ある朝、村の中央広場で老人は、おそらく靴紐にでもしようと、落ちていた紐を拾うためにかがんだ。そして、ポケットの中にこの紐を密かに滑り込ませたが、このとき店の前に座っていた肉屋がその様子を一部始終見ていた。翌日、村に深刻な知らせが伝わった。聖職者が近辺の村から戻る途中で財布をなくし、それはおそらく中央広場でのことだったというのである。肉屋はすべてを見ており、すべてを理解した。紐のせいで老人は牢屋に連れて行かれた。

つまり、老人に起こったのと同じ勘違いがヴァラール先生のせいでぼくにも起こったのだ。ぼくはモーパッサン氏から盗みなぞしなかったが、疑惑がかけられたのだ。この日から、ババールを除くすべての生徒がぼくのことを、いかさまとまでは言わないまでも、ずるいやつだと思うようになった。そして作文が宿題に出るたびに、ぼくは大急ぎで独創性という罠を避けたのだった。ぼくは海や山、回りながら落ちる秋の木の葉や冬に積もる雪のことを二ページ分書いたが、それはヴァラール先生の気に入らなかった。そして、作文用紙の余白に赤で書くのだった。「興味深い！　ただし独創性に欠ける！　曖昧すぎる！」

サン＝テグジュペリ高校では、ぼくはルーボン先生のお気に入りだったが、ぼくの作文の点数は合格点ぎりぎりのことが多かった。フランス人たちの方がぼくより上手に書くのだった。ルーボン先生はそれを少し残念に思っていた。ぼくの両親が文盲であるために、ぼくが独創的な考えを持つことができないのだと先生は信じていたに違いない。ぼくはそこに、一種の苦い思いを読み取っていた。

高校の生徒全員とバスの運転手全員が数週間前からストをおこなっていた。サン＝テグジュペリでは授業は完全に混乱し、夏休みは長くなりそうだった。ある月曜日の朝、クラスの様子を知るために歩いて高校まで出かけた。ルーボン先生に対する後悔がぼくを悩ませていたが、幸いにも多くの生徒がずっと前から授業に来ていなかった。この朝、プログラムがまったくなかったために、先生は自由課題の作文を宿題にして、ぼくらを外に送り返した。アッラーがぼくを導いたのだ。なぜなら、何カ月も前からぼくはこの機会を待っており、一人のピエ＝ノワールがその機会をお膳立てしてくれたのだ。人種差別。ぼくが書くべきなのは人種差別についてだった。

何日もの間、ぼくは自分の小説を構想していた。昔々一人のアラブ人の子供がいました。子供とその家族はリヨンに着いたばかりでした。子供はその界隈に友だちが一人もおらず、学校初日、お互いに知り合いで、一緒に笑ったり冗談を言い合ったりしている男の子や女の子のど真ん中で独りぼっちでした。チャイムが鳴ったとき、子供は生徒たちが中庭に入るのを見て、少し迷った後で家に、母親のもとに戻ることにしました。

ぼくは作文をゾフラに読ませた。ゾフラは文法の間違いを直し、やさしくぼくをからかった。というのも、作文は少し誇張まぎれに絶望を叫んだもののようだったからだ。

六月の最後の日々は、あっという間に過ぎていった。相変わらずストのせいでバスが動いていなかったので、ぼくは高校で時間を無駄にするよりも、ラ・ヴィエイユ通りの子供《ゴーン》たちと自転車で散策に出かけていた。だが、ある火曜日、父が在学証明書を取りに行くためにぼくを高校に行かせた。入口の前でのどかに話している生徒たちのグループの中に、ぼくはパリから移住してきた友だちを見つけた。彼はぼくに気づくとすぐに顔を輝かせてぼくの方に走って来て、挨拶のために手をさしのべると、言った。

「昨日来なかっただろ？」

「ああ。どうして？　生徒がたくさん来てたのか？」

ぼくは一瞬、自分一人が欠席したのではないかと怖くなったが、安心させられた。

「いや。九人だけだったよ。でも先生が作文を返したんだ……」

彼の顔は徐々に神秘に満ちていき、唇には微笑みが浮かんだ。

「それで？」ぼくが言った。

「それが、君は二十点中十七点だったよ。クラスで一番の点数さ。先生がぼくらの前で君の作文を読みさえしたんだぜ。手本として取っておくって言ってたよ……」

ぼくは自転車を地面に置いて、詳細を話してくれるよう言った。今や感激に身動きできなくなっていた。ぼくは木に登って、危険を犯してそこから飛び降り、犠牲として自分の自転車を壊してしまいたかった。

「それから他になんて言ってた？」

「何も。君が来てないことを残念がってたよ」

「で、先生は今どこにいるの？」

　ぼくは中庭の方へ数歩進んだ。

「先生ならいないよ。高校には誰もいないんだ。もう学校は終わりなんだと思うよ」

アッラーよ！　アッラーは偉大なり《アッラーフ・アクバル》！　ぼくは自分の指に誇りを感じた。ぼくはやっと賢くなったのだ。このぼく、アズーズ・ベガーグ、クラスで唯一のアラブ人がクラスで一番の点数を取ったのだ。クラスのフランス人全員よりも良い点だ！　ぼくは誇りに酔いしれた。父にクラスのフランス人全員よりもぼくの方ができるのだと言うつもりだった。きっと父も喜ぶだろう。だが、どうして先生はぼくの作文を他のみんなの前で読んだりしたのだろう？　ぼくは先生だけのために書いたのだ。ぼくら二人を〈アラブ野郎〉として、おそらくいっしょくたにしたに違いない連中のことを考えた。でも、それは重要ではない。ぼくは水牛のように強くなったような気がした。

　その日の夜家へ帰ると、ぼくはピエ＝ノワールの先生がフランス人よりも良くて、クラスで一番の点数をぼくにくれたことを父に話した。父は言った。

「先生にクスクスをごちそうすると言え。もし先生が望むなら、ワインもつけるとな」

「だめだよ、父《アブエ》さん」ぼくはまたも反対した。

「じゃあ、お金を持っていけ。ワインを先生のために買え」父はまたもや引き下がった。

「だめだよ、アブエ。どのみち学校はもう終わったよ」

父の目に奇妙な光が輝き、そしてもっとも神秘的な声でぼくに言った。

「来い。こっちに来い！」

ぼくは父に従った。

「なに、アブエ《ウエーシュ》？」

「近寄れ。言いたいことがある」

ぼくは父のすぐそばへ行った。

「座れ！」

ぼくは言われた通りにした。すると、彼はまるで預言的な秘密をぼくに打ち明けるかのように、低い声で話した。

「わかるか、息子よ」

「うん、アブエ」

「おれに話させろ」父は言った。「重要なことをお前に言うぞ……」

「わかったよ、アブエ」

「わかるだろ、息子よ……。神はすべての上におられるのだ。アッラーはおれたち、お前もおれも、ピエ＝ノワール《ビノワール》の先生《プルフィッスール》も、全員の運命《メクトゥーブ》を導かれるのだ……」

　ぼくはかすかに微笑んだ。

「笑ってはいかん、息子よ」

「ぼく、笑ってないよ、アブエ！」

「アラブ人であるお前が学校でフランス人全員よりもよくできるというのが偶然だと思うか？　それから、お前の先生《プルフィッスール》！　誰が先生におれたちの言葉でアッラーと書くことを教えたんだ？」

「先生は一人で覚えたんだよ、アブエ！」

　すると、ブージードはもっとも深刻な様子で、こう結論した。

「ちがうんだ、息子よ。アッラーだ。アッラーがおれたちを導くのだ。他の誰でもない」

　そして言った。

「お前は土曜日の朝コーラン学校に行くべきだ」

　こいつには、ぼくは反対した。

「そりゃ無理だよ、アブエ。ぼくは学校で勉強しなきゃならないことがたくさんあるんだから」

「そうか、そうか。好きなようにするがいい、息子よ。決めるのはお前自身だ」

　それから、エンマが台所で食事にするためにぼくらを呼んだ。ぼくは自分の皿を手にすると、ソファーへ向かった。

「どこに行くんだ?」ブージードが訊いた。

「テレビを見ながら食べるんだ」ぼくは自信を持って答えた。

ブージードは異議を唱えようとしたが、ぼくは会話をすぐに打ち切った。

「アッラーがぼくの手を導くのさ……」

エンマを見て父が言った。

「この子は本当の悪魔だ!」

それから、大笑いした。


それから数日後、ぼくは郵便受けに成績通知表を受け取った。ルーボン先生はぼくの勉強ぶりを褒めていた。つけ加えられた短い言葉によって、次の土曜日に生徒たちの親を集めて集会がおこなわれることが知らされていた。今回は、ブージードとエンマとゾフラが参加した。姉は通訳のためについて行った。ぼくが懇願したにもかかわらず、父はアッラーとアラビア語で書ける人物に礼を言うためにシディ・ブラヒム〔アルジェリアのワイン〕のボトルを二本、袋に入れて持って行った。

ぼくはこの集会に参加したくなかった。そこで、家でテレビの前に陣取り、彼らの帰りを待った。帰ってくるなり、感心したゾフラが最初に話し始めた。

「入った途端に、先生があたしたちに訊いたのよ。《アズーズ君のご家族ですか？》って。それで、他の人たちを放っておいて、あたしたちに話しに来たんだよ……」

ぼくは微笑んだ。ブージードが続けた。

「どうしてお前が来なかったのか、先生に訊かれたぞ。それから、シディ・ブラヒムにとても喜んでたよ……」

「先生はちょっと恥ずかしかったんだと思うよ」エンマが言い、それから説明した。「他の親たちが意地の悪い目で見ていたからね」

ぼくの幸福は膨らむばかりだった。


ルーボン先生の褒め言葉とサン＝テグジュペリ高校五年生〔日本の中学校二年生に相当する〕にたやすく進級できたことによって、家ではぼくを物知りだと見なすようになった。

学校は終わった。夏休みの日々は過ぎ、毎日が異なる日だった。ブージードがぼくのしたいようにさせてくれるので、ぼくは見たいだけテレビを見た。

父は疲れていた。父の命令に反抗し、父をときどき笑わせることができるのはぼくだけだった。機会があるたびに、ぼくは父がぼくらにいつも言っていたことを父に思い出させた。

「学校で勉強しなさい。おれは工場で働くから」

すると、学校での勉強ぶりが褒められた以上、ぼくは家ではほぼ完全な自由を勝手に享受できた。自分自身の罠にかかった父はそれに従い、微笑むより他に仕方なかった。父は誇りに思っていた。自分の子供たちは自分のように未熟練労働者にはならないのだ。ある日、子供たちは医者か技術者の白衣を着て、金持ちになって。セティフに戻るだろう。そして、家を建てるだろう。家賃と電気代と水道代を払うために毎日十時間働かなければならないとしても、仕方がない。

ときには、父は新しい生活に慣れ、シャアバのことをそれほど考えなくなってきたようにぼくには思えた。しかし、翌日には彼はエンマを罵り、引っ越ししたがったことを恨み、お金を渡さずにぼくらを放って三、四日間かつての家に逃げていった。

ブージードの行動を予測するのは難しかった。

その日の午後、『若き視聴者のシークエンス』〔フランスのテレビ番組。視聴者の子供たちから寄せられたリクエストに応えて映画を紹介するという内容〕を見た直後にぼくは昼寝をした。ジュール・ロワの『太陽の馬』を読もうとしたが、数ページ進んだだけで疲れと七月の暑さに負けてしまったのだ。

「まだ三時だよ」エンマがぼくに叫んだ。「どうしたの？　具合でも悪いの？」

　靄の中で、ぼくは健康状態は問題ないと答えた。

「それじゃあどうして、こんな風に閉じこもってるの？」彼女がぼくに訊いた。「友だちと外に遊びに行ったらいいんじゃない」

　そのとき、誰かがドアを叩いた。ドアの前に誰かがいるのを感じるたびに、エンマはまるで悪い知らせをいつも待っているかのように心配した。なので、彼女は歯の間でささやいた。

「幸福よ！　幸福よ！　不幸は遠ざかれ！　不幸は遠ざかれ！」

　ドアを開ける前に、彼女はアパートを注意深く調べ、カーテンを直し、ソファーに投げ出されているタオルを取り、靴を一足しまった。それから、まずはフランス語で、それからアラビア語で尋ねた。

「ドナタ《キ・シ》？　どなた《シュクーン》？」

　それから、ぼくの方を見て言った。

「おいで。お前に会いに来た友だちだよ」

「中に入れてよ、エンマ！」

アリー・サアディが母の頬にキスした。カメルも同じようにした。ババールは手を差し出した。

「ラ・ヴィエイユ通りに行くんだ」アリーがぼくに言った。「どうせ何もすることないんだろ？」

ぼくはその通りだと答えた。

エンマがぼくら一人一人にセモリナ粉のガレットを配り、ぼくらは降りていった。階段でぼくはカメルに訊いた。

「どこに行くんだ？」

アリーは急いでぼくに答えた。

「サトネー広場で女たちと約束してるんだ。向こうは四人だ」

カメルはもみ手をし、中国人のような目をさらに細くし、黄色い歯が見えるまで大きな口を開いて、興奮して噴き出した。

「体に触れるぞ」

アリーがつけ加えた。

「おれは今度こそあの背の高い女をトラブールでものにしてやる。この前体に触ったら、何も言わなかったからな」

ハリッサ〔唐辛子のペースト〕やチュニジアの唐辛子に膨らんだ仲間たちよりも控え目なババールは何も

言わなかったが、彼らの表現を面白がっていた。

アリーが続けた。

「カメルは一番ブスな女に勃起してるんだ。お前とババールはあとの二人を取ればいい」

カメルには言い訳があった。

「デブのブスだろうとおれにはどうでもいいんだ。おれは触ってやる」

彼の舌には涎がしたたっており、階段で興奮し続けた。

ぼくの頭の中に心地よいイメージが浮かび始めた。ぼくはババールと同じで広場に着くのが待ち遠しかったが、おくびにも出さなかった。

アリーのものであるマルティーヌがブランダン伍長像の台座に一人で座っていた。ぼくらは彼女の方に進んだ。アリーが訊いた。

「友だちは？」

「プールに行っちゃったの。だから一人で来たの」美人のマルティーヌは答えた。

カメルの顔は蒼白になった。ババールは微笑んだ。二人のうちのどちらも何も言わなかった。

ぼくの頭の中では、お城が一気に崩壊した。このような微妙な状況に困惑したアリーが取りなした。そして、マルティーヌに言った。

「それじゃあ、その辺を一回りしよう。来るだろ？」

ちょうどよく日焼けしたすばらしい少女は同意して立ち上がり、夢のような微笑みをぼくらに贈り、アリーの手を取った。

「じゃあ、また後で！」幸せ者が言った。

二人の恋人はトラブールの方向に向かって界隈の小道に消えた。カメルは冷静さを保てなかった。そして、ぼくらの母親と姉妹以外の地上にいるすべての女たちを呪った。ぼくらはアリーが戻って来るのを待って、二時間ほどサトネー広場で立ちん坊だった。ぼくらは広場を横切る女の子たち全員に触れ、十ほどのスカートをまくり、パンツの色を見た。猛り狂ったカメルは右手を前に出して、まるで鶏小屋で雌鶏を追いかけるように女たちを追いかけた。そして、標的に当たるたびに、ババールとぼくの方を振り返り、獣のように叫んだ。

「見ろ、見ろ！」

それから、彼は笑った。ぼくらも笑った。ぼくも女の子たちに触りたかった。だけど、とても恥ずかしかった。カメルはといえば、平手打ちを食らうことも「汚いアラブ人め、自分の国に帰りな」と言われることも怖れていなかった。彼は笑っていた。そして、女の子が抵抗すると、手を自分の太ももの間にやって「ほしいか？　ほしいか？」と言うのだった。

アリーは一人で戻って来た。マルティーヌは家へ帰るために別の道に行ったのだ。

「それで、触ったのか？」カメルが言った。

答えの代わりに、アリーはすべてを物語る微笑を浮かべた。それから、しばらく考えた後で言った。

「お前たち、女のアソコがどこにあるか知ってるか？　おれたちと同じようにここにあるんじゃなくて、足の間にあるんだ」彼は道を指で示しながら言った。

驚きは大きかった。

「本当か？」カメルが訊いた。おれは女の子たちを見たけど、アソコは前にあったぜ。足の間じゃなくてさ。でも小さい子だったけどな」

ババールはすべてを理解した。

「ああ、でも大きくなると、アソコはここからここまで移動するんだ」

そして彼は指で示して見せた。

「黙れ！　黙れ！」アリーが遮った。「三人の友だちが来たぞ！」

プールからの帰り道だった彼女たちはちょっと皮肉な様子でぼくらに挨拶し、ぼくは何もできなくなった。自信のあるアリーだけが会話をし、新しい計画を立てていた。カメルの情熱は消えていた。ぼくらは話すためにベンチに座った。突然、ババールがぼくの方に向いてささやいた。

「おまえの親父さんだ！　あそこだ。見ろ。あっちから来るぞ」

この言葉に激しい爆発がぼくを内部から揺すった。ブランダン伍長通りに、非常にいらいらした様子で父がぼくの方に向かってくるのを見た。数秒間、ぼくは何も考えることができなかった。女の子たちといるのを見られたら、ぼくは父の目を見ることができなくなるだろう。ぼくはすぐにみんなに謝り、女の子たちの目にばかばかしく映らないよう、緊急の用事を言い訳にした。背中を精一杯曲げて、ぼくはラ・ヴィエイユ通りの方へ走って逃げた。ブージードはぼくを見たに違いない。だが、ぼくにはその確信がなかった。答えは間もなくやって来た。数メートル進んだところで、恐ろしい声がサトネー広場を覆った。鳩たちは羽を最大限に伸ばして逃げた。

「ラズズズーズ！」親父が叫んだ。

ぼくは聞こえないふりをした。父は警告した。

「ラズズズーズ！　お前のことなら見てるぞ」

広場にいるすべての野次馬がまずは父の方を、それからぼくの方を振り返った。この後、ぼくにとって女の子たちのことはおしまいだった。兎のように罠にかかって、ぼくは父の方に進んだ。父はアラビア語で叫んだ。

「どうしておれが呼んでるときに逃げるんだ？」

「逃げてないよ。店にレモネードを買いに行こうとしてたんだ」

「おれをばかにしてるのか？」

状況を悪化させるのではないかという恐れから、ぼくは何も答えなかった。

彼は続けた。

「お前の兄さんはどこだ？」

「知らないよ」

「よし、お前は家に帰るんだ。あのハッルーフをおれが探してやる」

「どうして、アブエ？」

「帰れって言っただろ。お前には関係ない」

それから、父はこの辺りをうろつきに去っていった。父がこんな状態になるとは、なにか深刻なことが起こったに違いない。ぼくは急に怖くなった。そして家へ走って帰った。ゾフラがドアを開けた。彼女は冴えない顔をして言った。

「パパを見た？」

ぼくは見たと言った。彼女は続けた。

「スタフは？　どこにいるの？」

「そんなの知らないよ。パパにも訊かれたよ」

台所ではエンマが絶望して暗くなった顔で泣いていた。

「どうしたの、エンマ？」ぼくが訊いた。

彼女は口を開かずに手で顔を覆って泣き続けた。ぼくはゾフラの方を向いた。

「何が起こったの?」

「アパートを貸してくれている公団から書留が届いたの」

「それで?」

「ここを出なきゃならないのよ」打ちのめされたゾフラが言った。

ぼくの喉は締めつけられた。突然、ぼくの頭のなかですべてが崩れた。地震がババールとアリーとカメル、ラ・ヴィエイユ通り、シャアバ、サン゠テグジュペリ高校、ルーボン先生を飲み込んだ。ぼくは具体的なことをなにも考えられなかった。頭が痛かった。足に力が入らなかった。

「ゾフラ、その手紙どこにあるの?」

「テーブルの上だよ。触っちゃだめだよ。また余計に怒るから」

ブージードは数分後に気が狂ったようにどなりながら帰ってきた。そして台所に入り、一瞬迷ったが、手紙の方にまっすぐに進むと、手にとって長い間見つめ、見つけられなかった息子を呪った。

「こんちくしょうめ! 必要なときには絶対にいないんだからな。だが、今度こそわかるだろうよ。どん……」

それから、ぼくの方を向くと言った。

「そこのお前、来い! これを読むんだ。書いてあることがわかるように言え」

「アブエ、あたしが言ったことの他につけ加えることは何もないよ」ゾフラ言った。

親父は激怒した。

「お前は黙ってろって言っただろ。そもそも、お前を結婚させてやる。そうすれば厄介払いできるからな」

姉は自分に対するこれほど大きな父親の愛に気分を害して、姿を消した。

ぼくは手紙を読んだ。手紙には、ぼくらが住んでいるアパートは所有者が代わることになっており、所有者はアパートを売りたがっていると書いてあった。そこで、ぼくらにアパートを買う……、あるいは別の住居を見つけることを提案しているのだった。ぼくはアラビア語に訳した。ブージードは大きく目を見開いていた。頭の中でも大変なパニックが起こっていることがわかった。そして、父は母の方を見た。母はまだ泣いていた。父のせいでもあるが、手紙のせいでも泣いているのだった。父は突然、まるで地面にシェンマを吐き出そうとしているかのように口を開くと、叫び始めた。

「いい気味だ。お前たちにはいい気味だ。お前たちはシャアバから出たがった……。その結果がこれだ。これからどこへ行けばいいんだ？　とっとと消えろ！　お前たちはどこかへ消えちまえばいいんだ。全員な」

それから、手紙を手に取った。

「おれは一人で出ていく」続けて言った。「お前たちにはいい薬だ」

そして、公団のことを考えて言った。

「あの泥棒ども……!? そもそも、あいつらにはおれをここから出させる権利はない。これは家賃も電気代《リトリジティ》もサルジュ《シャルジュ》〔管理費〕も払ってる。全部払ってる。どうしてあいつらはおれを追い出したいんだ? 明日あいつらに会いに行こう」


父は仕事の後で公団の担当者に会いに行き、あきらめて家に帰った。そして、投げ飛ばされた怪物のようにスタフに言った。

「お前はこの辺りに貸しに出ているアパートがあるか見るために新聞を毎日読むんだ」

「公団に一人で行ったの?」スタフは無邪気にも質問した。

「お前はおれがフランス人と話すのにいつもお前たちを必要としているなんて思ってるのか? お前たちをエル・ウーリシヤから来させる前にはどうしていたと思うんだ? おれに話ができなかったとでも思ってるのか? おれに仕事を見つけたのはお前じゃないだろ?」

「担当者はなんて言ってた?」スタフが続けた。

親父は落ち着いた。

「すぐにおれたちにＺＩＰ〔市街化優先地域の略。一九五九～一九六七年に住居不足解消のために集合住宅が建設された地区〕の住宅を斡旋したいと言ってた。おれは断った。おれの仕事から遠すぎるところじゃだめからだ」

「それじゃあ、あたしたち、いつまでここにいられるの？」ゾフラが訊いた。

「他の住居《ルジユマ》を探してみると言っていた。待つしかない」

ぼくは提案した。

「もしぼくらがここから出たがらなかったら、どうなるの？」

「やつらはおれたちを外にオイダス《クスピルス》だろうよ。おれたちの荷物を全部外に捨てるだろう。タント《リジッ》ーシャ《スール》に警告されたよ」

突然、これほど父がぼくらに対して穏やかな態度を取るようになったのは、公団の担当者が追放の脅しをちらつかせたからに違いない。間違いなく父は怖れている。目の前に現れる最初の解決策を受け入れるつもりでいるのだ。もしかすると、それはシャアバかもしれない……。

その翌日、公団の担当者がうちのドアを叩いた。ぼくらを襲った不幸をもたらしたのはこの男であるにもかかわらず、この同じ男がよい知らせをもたらすものと思いブージードはうちの中に招き、コーヒーをふるまい、雑談を交わした。担当者は動じることなく、コーヒーを飲み終わると、言うべきことを言った。

「ベガーグさん、期限が過ぎていることはご存知ですよね。ラ・デュシェール〔リヨン北西部の地区。一九六〇年代にマグレブ出身の移民が多く移り住んだ〕にアパートを見つけましたよ。ここよりも大きい四部屋のアパートで、日当たりももっといいし、ここからあまり遠くありません。たったの十五分ですよ。どうですか？　どうなさいますか？」

ブージードはテーブルに前腕を載せていた。考えているふりをしていたが、ぼくは父が受け入れるということを知っていた。この最後の提案を断るわけにはいかなかったのだ。そもそも、担当者はプレッシャーをかけてきていた。

「これが最後の申し出ですよ。後は家具を通りに出すしかありません。予告はもうしてあります。強制退去になります。わかりますか？」

父は椅子の上でよろめいた。

「ら・でぃしーるニハ、ミセヤコドモタチノタメノガッコウガアリマスカ？」父は尋ねた。

「お望みのものは何でもありますよ！」担当者は断固とした様子のまま答えた。

「ミニイキマス」

「いつでもどうぞ」満足した担当者が言った。
そして、微笑んで椅子から立つと、父に手を差し出し、つけ加えた。
「幸いにも、あなたは頭のよい方でいらっしゃる。さもなければ、この件はまずい結末になると
ことでしたよ」
虚無と怯えた表情いっぱいに、取り乱した目のブージードも立ち上がった。そして、手を差し
出しながら、行儀よく微笑もうとしながら言った。
「ありがとうございます！」
「どういたしまして」相手が答えた。「それで、いつお国に帰られるんですか？」
「ソリャア！」父は腕を上に挙げて言った。「あっらーガオキメニナルコトデス。モシカスルト
ライネンカモシレマセンシ、モシカスルトライゲツカモシレマセン」

訳者あとがき

本書は、スイユ社の青少年向け叢書〈ポワン・ヴィルギュル〉の一冊として一九八六年に出版された Azouz Begag, *Le Gone du Chaâba* の全訳である。作者のアズーズ・ベガーグはアルジェリアからの移民の第二世であり、リヨンで生まれた。フランス生まれでマグレブにまったく住んだことがないか、あるいは幼少時にフランスに移住したこれらの作家たちの文学は、現代マグレブ文学の範疇には入らない。マグレブからの移民の第二世、第三世を指す「ブール」という言葉にちなんで、彼らの文学は「ブール文学」と呼ばれている。とはいえ、ベガーグはマグレブをルーツに持ち、『シャアバの子供』はその影響を色濃く残しているがゆえ、叢書《エル・アトラス》の一冊として加えさせていただいた。

ブール文学

出生地主義を採用しているフランスでは、アズーズ・ベガーグのように両親が外国人でもフランスで生まれた者はフランス国籍を取得できる。移民と国民の区別は法の上では明確であるものの、現実にはフランスでもマグレブからの移民と彼らを親に持つカテゴリーの間には混同が起こりがちである。ベガーグはアルジェリアにルーツを持ち、フランスとアルジェリアの二つの国籍を所有しているが、れっきとしたフランス人作家なのだ。

この背景には、かつてフランスの保護領であったモロッコとチュニジア、そして特に植民地であったアルジェリアからの移民がフランスに多く暮らしていることにある。二〇〇八年の調査によれば、十八～五十歳のフランス人のうち、片方あるいは両方の親が外国生まれであるケースが三百十万人おり、その外国生まれの親たちの四十パーセントはアフリカ大陸出身、その大部分がマグレブ出身である。アルジェリアからの出稼ぎ労働は、一九二〇年頃に始まり、特に一九五〇～六〇年代のフランスの好景気を受けて大量に導入された。労働者は家族を呼び寄せ、その多くが定住の道をたどった。そして、これらの移民労働者の第二、第三世代は「ブール」と呼ばれるようになる。「ブール」とは、「アラブ」のシラブルをひっくり返したヴェルランと呼ばれる俗語である。このヴェルランは、主に大都市の郊外の若者の間で使われる言葉であり、まさに、郊外に住む移民第二世の若者たちの言葉なのである。とはいえ、この言葉が必ずしも当事者の支持を受けているわけではない。自らのアイデンティティーの表現として積極的に使う者もいれば、「アラブ」であることを否定的にとらえ、半ば隠すために使われている言葉だと解釈する者もいる。

こうした中で、マグレブからの移民第二、第三世の作家によって書かれた文学を「ブール文学」と呼ぶことが定着してきている。もっとも初期のブール文学作品は一九七〇年代後半に出版され、その数は一九八〇年代を期に大きく数を増やした。そのきっかけとなったのは、一九八三年の「反レイシズムと平等のための行進」である。この運動は、レイシズムを動機とする複数の殺人事件に触発された若者たちがマルセイユからパリまで行進し、当時の大統領であったフランソワ・ミッテランとの会見に至ったというものだ。当初十七人だった参加者は、メディアによる宣伝効果によりパリに到着したときには十万人を超えていたと言われる。この行進はメディアによって「ブールの行進」と呼ばれた。この行進が大々的に報道されたことによって、移民であった親たちの世代とは違い、社会の一員として存在を認められることを求める「ブール」の動きは一躍脚光を浴びることになる。このような中で、出版業界もマグレブ系移民二世、つまりブールの若い作家たちに注目するようになる。

ブールの作家たちの作品には、しばしば共通したテーマが現れる。フランスの大都市郊外を舞台としていること、そして、移民の子供としての自らの体験である。これらの作家の小説は内容、スタイルともにマグレブ文学ともフランス文学とも一線を画している。つまり、日本に在日朝鮮人文学が一つのジャンルとして存在しているように、マグレブからの移民の子孫の文学も明らかに一ジャンルを形成しているのだ。

「ブール文学」という呼称が研究者の間でも使用されている一方、このジャンルに入れられている作家自身の間では、必ずしも合意が成り立っているわけではない。ベガーグ同様やはりブール文学草創期に現れた、ファリーダ・ベルグール、レイラ・セッバール、アフメド・カルアーズといった作家たちは、自伝が大半を占めるこれらの作品の文学的価値、ひいてはその存在自体を疑問に付している。その一方で、ベガーグは著書『アイデンティティーの齟齬』の中で次のように述べている。

この文学はマグレブ文学なのか、フランス文学なのか？　その源もその想像力の出どころも、いかなる場所にも属さないか、あるいは周辺的な社会・空間的状況に根を持つ特殊な物語の中にある。その点にこそ、この文学の新しさがある。移民やフランス社会について一般的に言われていることに対して中心からずれた視点をもたらすのだ。

一九九〇年に出版されたこのエッセーでベガーグは、ブール文学の発展を予想している。この予想は的確であったと言えよう。二〇〇四年に出版されたファーイザ・ゲーンの処女小説は、二十二万部を記録するベストセラーとなり、日本でも『明日はきっとうまくいく』というタイトルのもとで翻訳されている。二〇一六年に出版されたマジード・シェルフィの『ぼくの中のガリア人の部分』はゴンクール賞の候補となり、大きな注目を集めた。

アズーズ・ベガーグ

アズーズ・ベガーグは、ブール文学のもっとも代表的な作家の一人である。ベガーグは、一九五七年にリヨンで生まれ、両親はアルジェリアからの移民で、文盲であった。リヨン第二大学で経済学の博士号を取得したのち、社会学、経済学を専門とする研究者としてフランス国立科学研究センターに所属するかたわら、グランゼコール、リヨン中央学校で教鞭を取る。研究テーマは、都市空間における移民の移動である。

しかし、フランスにおけるベガーグの知名度の高さは作家としてのみならず、元大臣であるという点にもよる。ベガーグは二〇〇五年から二〇〇七年にかけて、保守派政党の連立内閣、ドミニク・ド・ヴィルパン内閣の機会均等推進大臣を務めた。

ベガーグは、これまでに十六冊のエッセーと二十七冊の小説を出版している。その中でも、一九八六年に出版された最初の小説『シャアバの子供』は、メフディ・シャレフの『アルシ・アフメドのハーレムでお茶を』（一九八三年）と並んで、ブール文学を世に知らしめた作品である。一九八六年にはジャーナリストによる「最優秀小説賞」、一九八七年には児童文学協会による「魔女賞」を受賞した。ちなみに『シャアバの子供』は一九九八年にクリストフ・ルッジアによって映画化もされている。「ブール文学」確立におけるこの小説の役割は決定的だったと言えよう。

この自伝的小説の特徴は、フランスの大都市に労働者として暮らす移民に関する典型的なモチーフが巧妙にちりばめられていることである。アズーズの家族が暮らすスラム、文盲の両親、移民の子供たちにとって学校がもつ役割の重要性、二つの文化のはざまで揺れる子供たち……。そして、シャアバの住民は最終的に全員シテと呼ばれる大規模団地へと引っ越して行く。

パリやリヨンのようなフランスの大都市近郊に広がるスラム街ビドンヴィルが一九七〇年代に解体され、移民とその家族の生活の場がシテに移るに従って、一九九〇年代以降に出版された「ブール文学」の舞台もビドンヴィルからシテへと変化する。『シャアバの子供』はビドンヴィルの人々の生活を描いた数少ない小説の一つであり、忘れ去られようとしている一九六〇年代のフランスの一面を記す貴重な証言でもある。

そして、アズーズがたどった、シャアバの子供から輝かしい将来が期待される優秀な中学生への道のりは、実際にシャアバに住み、研究者、作家、大臣へと出世したまさに作家自身のそれと重なる。また、研究者としてベガーグの仕事の重要なテーマは、いかにして移民の第二世たちが逆境の中で社会的地位を築いているかという点にあった。つまり、この小説は単なる自伝小説の枠を超えて、社会学者としてのベガーグの仕事とつながっているのだ。

ビドンヴィルからシテへ

「シャアバ」は日本語で言うところのスラムであるが、その様子は日本人のわれわれが想像するところのいわゆる「スラム」とは少々異なっている。それゆえ、本書の中では日本語としてはなじみのない「ビドンヴィル」という訳語をあえて使用することにした。ビドンヴィルとは掘っ立て小屋からなる集落で、小説に現れるシャアバはリヨンに隣接した町、ヴィルユルバンヌに実際に存在した。

ビドンヴィルの始まりは、「栄光の三十年」と呼ばれる第二次世界大戦後のフランスの高度経済成長と深く関わっている。戦後の復興のための労働力を必要としたフランスには、イタリア、スペイン、ポルトガル、北アフリカからの労働者が建設業に就くためにやって来る。そもそも住居不足が深刻な中で、これら移民労働者の住居は考慮に入れられていなかった。そこで現れたのが大都市近郊のビドンヴィルであった。そして、リヨン郊外のヴィルユルバンヌも例外でなかった。シャアバの歴史については、ヴィルユルバンヌの文化センター、「ル・リズ（Le Rize）」のインターネットサイトに詳しく示されており、またベガーグの甥によって制作されたドキュメンタリー『シャアバ、くにからビドンヴィルへ』の元住民による証言によっても知ることが可能である。シャアバの始まりは、一九五四年にモナン大通り十二番地にアルジェリアのエル・ウーリシア出身の兄弟が小さな家屋の建つ約四百平方メートルの土地を購入したことに始まった。その兄弟こそが、ブージードとサイードである。一九五〇年代の終わりには、この家屋の回りに十ほどの掘っ立て小屋が建っていたという。小説に描かれているように、シャアバは親戚関係、同じ出身地の知り合いなどをつてに集まった人々によって、建設現場で回収された資材を使って建てられた。大抵の小屋には部屋が一つしかなく、そこに十〜二十人が暮らしていた。一九六四年、市はビドンヴィルの取り壊しに着手したが、私有地であるという理由でシャアバのみが破壊を免れた。

一般に、ビドンヴィルでの生活は厳しい。小屋には浴室やトイレはなく、冬は寒さにさらされ、雨が降れば地面はぬかるみ、衛生環境が欠如しているせいでネズミが繁殖する。その一方で、同郷の者同士が助け合って暮らす連帯の場でもある。シャアバに実際に暮らしていた人々は、このビドンヴィルの住民はエル・ウーリシアと同じように暮らしていたこと、隣人同士の結託が強く、助け合いのおかげで誰も困難におちいることがなかったことを証言している。

ビドンヴィルでの生活をテーマとした小説は、先に述べたようにブール文学の中でも少なく、本作『シャアバの子供』のほか、メフディ・シャレフの『ヒナギク通り』、ブラヒム・ベンアイシャの『天国に生きる』が代表的な作品であろう。これらの二作品は『シャアバの子供』同様に、自伝的作品であり、二人の作家が子供時代を過ごしたパリ郊外のナンテールのビドンヴィルを描いている。『天国に生きる』というタイトルは、強烈なアイロニーである。アルジェリアの砂漠のオアシスの村から冬のナンテールの掘っ立て小屋への移住は、八歳の少年にとって泥とネズミとの闘いの始まりとなり、その家族はこの環境の中に十年暮らす。「ヒナギク通り」は、シャレフが少年時代に暮らしたビドンヴィルがあった通りの名前であり、折しもベンアイシャが暮らしたのと同じ場所だ。この小説の主人公は、十歳のときに家族とともにアルジェリアからナンテールに住む父親のもとに移り住む。すぐ隣の高層住宅ではなく、泥の中の掘っ立て小屋が住まいとなるのだということを発見した家族の失望は大きい。二作品に現れるビドンヴィルの描写に共通するのは、泥、ネズミ、不衛生な住環境、貧困であり、このような場所に住んでいるということに対する主人公の恥の感情である。

『シャアバの子供』のビドンヴィルは、この二作品とは対照的に描かれている。確かに、アズーズも自らの住環境がクラスメートとは違うことを認識しており、そのせいでフランス人の友だちのアランを自宅に招くことができない。その一方で、「ボンバ」をめぐるシャアバの女たちの喧嘩は気晴らしになる見世物であり、ゴミ漁りは宝探しである。この小説の中では、貧困も悲劇的出来事も笑いの種になるのだ。ビドンヴィルの生活が悲惨なものではなく、幸福に満ちたものとして描かれている点がこの小説の大きな特徴であり、それゆえベガーグの作品は植民地の悲惨、独立戦争などの極限の状況についてユーモアをもって語るフランス語表現のアルジェリア文学を継承していると言える。しかし、主人公に「黄昏のシャアバはすばらしい」と言わせるとき、そこには悲惨さを強調することを拒否する作者の強い意志が働いているのだ。

物語のなかではベガーグ家も最終的にはシャアバを離れ、リヨン市内のアパルトマンへと引っ越す。そして、小説の最後にラ・デュシェール地区へのさらなる一家の引っ越しが示唆されている。ラ・デュシェールは一九六〇年代に大規模な都市開発がおこなわれ、住居不足に応える目的でシテと呼ばれる高層の大規模団地（数千戸のアパートを抱える巨大な団地）が大量に建設されたリヨン北部の地区である。ベガーグ家がＨＬＭ団地（適正価格住宅）と呼ばれるこのような団地に引っ越したであろうことは、容易に想像される。実際、社会学者としての著書『脆弱地区』の中でアズーズ・ベガーグは、自身が一九六九年から一九八五年までこの地区の大規模団地に暮らしたと述べている。

ビドンヴィルから近代的な設備の整ったＨＬＭ団地への移動は、移民の家族にとって画期的に住環境が改善された出来事だと考えられる。しかし、現実はそれほど単純ではない。これらの大規模団地は、貧困層、移民が集中するゲットー化した地区を生み出し、新たなセグリゲーションの場となり、治安の悪化を招いたのだ。実際の所、ラ・デュシェールはこのような問題のある地区として悪名高い。フランスの大都市郊外に存在するこのような地区の形成については、パリ郊外を例にした森千賀子の著書『排除と抵抗の郊外――フランス〈移民〉集住地域の形成と変容』に詳しい。

二つの文化のはざまで

『シャアバの子供』には、二つの大きいテーマを読み取ることができる。一つ目は、ビドンヴィルでの生活、そして二つ目は学校の役割である。小説でのアズーズ少年は、ある日クラスで一番になることを決意した。同じように移民の子供であるクラスメートたちは、全員教室の後ろの席に座り、成績もクラスの最後の方だ。両親が文盲で、フランス語を話さない家庭で育った子供たちは、フランス人の子供たちに比べて不利である。また、ハッセンのように自宅で満足に勉強できる環境にないことも彼らの成績の悪さの原因だ。その一方で、ブージードは教育熱心であり、父親の熱心さのおかげで、そして学校でのよき教師たちとの出会いによって、アズーズ少年は成功への道を歩む。厳しい生活環境の中で、学校が一種の避難場所、そして成功の鍵となるというモチーフもまた、ブール文学に典型的なものである。

アズーズ少年の学業における成功のインパクトを理解するには、フランスの当時の教育環境をまず理解する必要がある。小説の中では、レオ・ラグランジュ小学校のアルジェリアからの移民の子供たちがほぼ全員初等教育修了証コースにいる一方、アズーズ少年は中等教育への進学を目指している。そして、サン＝テグジュペリ高校に入学した日には小学校の学友に出会わない。アズーズが高校一年生だった年には、交通機関の大規模なストが展開されていることから、それがフランス全体を麻痺状態におとしいれた一九六八年のストであることがうかがわれる。ある統計によると、一九六二年のフランスでは中等教育に進んだ子供は五十五パーセントであった。つまり、ほぼ半分の子供しか中等教育を受けない環境にあって、移民の子供が中等教育に進み、ましてやクラスで一番の成績を修めることは例外的であった。

移民の子供たちがフランス社会において体験する差別や疎外はブール文学の典型的なモチーフの一つであるが、『シャアバの子供《ゴーン》』はあえてこのようなテーマを強調することなく、両親の文化とフランス文化のはざまにいることをユーモアを交えて語る。『シャアバの子供《ゴーン》』というタイトル自体が、リヨンに生まれ、アルジェリアがフランスにそのまま移動した空間であるシャアバで暮らし、二つの文化を持つ子供たちの状況を象徴している。アズーズ少年の成長の物語は、非行や治安の悪化と常に結びつけてメディアによって語られる、マグレブをルーツとする子供たちについて別の角度から語るのみならず、二つの文化を体現する移民二世の一種のマニフェストとも読めるのだ。

「羅針盤も地図も地図を読む能力も持ち合わせていない彼らは、飢え死にしないために、子供たちに別の国で、別の文化の中でのびのびと育つチャンスを与えるために、出発したのです。何という勇気でしょう！」アズーズ・ベガーグは『シャアバ、くにからビドンヴィルへ』の中でこう語っている。

ビドンヴィルでの生活の記憶を持つ人々は減りつつあり、また「栄光の三十年」にフランスにやって来たマグレブからの労働者とその家族の苦労も半世紀が過ぎた今、完全に過去に属している。忘れられつつある一時代の移民の記憶を記しているという点で、この作品は叢書《エル・アトラス》に収められた別の作品、ヤミナ・ベンギギの『移民の記憶――マグレブの遺産』に通じるものがある。『シャアバの子供』を手にした読者の方々にはこの作品を合わせて読むことをぜひお勧めしたい。

フランス文学の作品である『シャアバの子供』を叢書《エル・アトラス》に加える点については、この叢書のほかの訳者の方々の了解とともに、アズーズ・ベガーグ自身の了解も求めた。外国にルーツを持ちながらもフランス社会の一員として認められることを常に闘いとしてきた「ブール文学」をマグレブ文学と同様に扱うことは、暴力的行為として受け取られかねないからである。しかしこちらの予想とは裏腹に、ベガーグは日本語訳の出版を素直に喜んでくれた様子であった。訳語に関する質問への回答を得るために面会の希望を訳者が申し出ると、リヨン市内の自宅に気さくに迎えてくれた。元大臣という立場上ガードが高くて近寄りがたいのではないかという訳者の考えはまったくの憶測に過ぎなかった。そして、面会に際にはずっと保管しているという少年時代のノートを見せてくれた。真面目な小学生がなるべくていねいに書こうと努力した様子がうかがわれる、きれいな字で書かれたノートだった。

日本語版のあとがきに書いてほしいことがあるかと質問すると、自分の両親がアルジェリアからの移民で文盲であったこと、その子供である自分が作家となり、『ル・モンド』紙で紹介され、ベルナール・ピヴォが司会を務める有名な文学番組にも招待され、アメリカ合衆国の大学に教員として招かれたのだということを読者に伝えてほしいとのことだった。この言葉には、現在の地位を得るまでに人知れぬ苦労を重ねてきたことがうかがわれた。

*

拙訳におけるアルジェリアを起源とする固有名の表記は、アラビア語の発音を参考にしつつも基本的に原文の表記に最大限に従った。アラビア語なまりのフランス語を訳文に表現するのは非常に困難であった。そこで、単語単位で現れる場合にはルビ、文章全体の場合はカタカナ表記という苦肉の策を取ることとなった。また、原文の巻末にはリヨン方言の語彙を集めた「アズーズ語辞典」とセティフの口語アラビア語の語彙を集めた「ブージード語辞典」が存在するが、フランス語と語彙や発音のずれを楽しむ目的のこれらの辞典は、編集者との相談の上、日本語訳には不要であるとの判断に至った。その代わり、これらの辞典に説明のあった語彙については、訳注というかたちで説明を本文に加えた。

多忙な中、訳者との面会に時間をさいて直接質問に答え、また自身といとこが映っているシャアバで撮られた表紙の写真を提供してくださったアズーズ・ベガーグ氏に、この場を借りてお礼を述べたい。また、パンデミックでご自身も大変であっただろうと察せられる中、訳者の遅々とした仕事に辛抱強くお付き合いくださり、ていねいにコメントしてくださった水声社の井戸亮氏に改めてお礼を申し上げたい。

下境真由美

著者／訳者について──

アズーズ・ベガーグ（Azouz Begag）　一九五七年、フランスのリヨンに生まれる。作家、社会学者。両親はアルジェリアからの移民。リヨン第二大学で経済学の博士号を取得し、フランス国立科学研究センターに所属するかたわら、リヨン中央学校で教鞭を取る。二〇〇五年から二〇〇七年まで、フランスの機会均等推進大臣を務める。本書のほか、主な作品に、『ベニ、あるいは私有の天国』（一九八九年）、『サラーム・ウエッサン』（二〇一二年）、『太陽の記憶』（二〇一九年）、主なエッセーに、『浴槽の中の羊』（二〇〇七年）などがある。

＊

下境真由美（しもさかいまゆみ）　セルジー・ポントワーズ大学（フランス）にて博士号を取得（比較文学）。現在、オルレアン大学人文学部准教授。専攻は、フランス語圏マグレブ文学、ポストコロニアル文学。主な訳書に、ラシード・ミムニ『部族の誇り』（水声社、二〇一八年）、ラシード・ブージェドラ『ジブラルタル征服』（月曜社、二〇一九年）などがある。

Cet ouvrage a bénéficié du soutien des Programmes d'aide à la publication de l'Institut français.
本書は、アンスティチュ・フランセ・パリ本部の出版助成プログラムの助成を受けています。

シャアバの子供

二〇二一年一二月二五日第一版第一刷印刷　二〇二二年一月一〇日第一版第一刷発行

著者――アズーズ・ベガーグ

訳者――下境真由美

装幀者――宗利淳一

発行者――鈴木宏

発行所――株式会社水声社

東京都文京区小石川二―七―五　郵便番号一一二―〇〇〇二

電話〇三―三八一八―六〇四〇　ＦＡＸ〇三―三八一八―二四三七

［**編集部**］横浜市港北区新吉田東一―七七―一七　郵便番号二二三―〇〇五八

電話〇四五―七一七―五三五六　ＦＡＸ〇四五―七一七―五三五七

郵便振替〇〇一八〇―四―六五四一〇〇

URL : http://www.suiseisha.net

印刷・製本――モリモト印刷

ISBN978-4-8010-0246-3

叢書 エル・アトラス

貧者の息子　ムルド・フェラウン／青柳悦子訳　二八〇〇円

部族の誇り　ラシード・ミムニ／下境真由美訳　二五〇〇円

もうひとつの『異邦人』　カメル・ダーウド／鵜戸聡訳　二〇〇〇円

移民の記憶　ヤミナ・ベンギギ／石川清子訳　二五〇〇円

ドイツ人の村　ブアレム・サンサール／青柳悦子訳　三〇〇〇円

ファティマ、辻公園のアルジェリア女たち　レイラ・セバール／石川清子訳　（近刊）

大きな家　モアメド・ディブ／茨木博史訳　（近刊）

［価格税別］